爱情课

鲁引弓 著

浙江大学出版社
ZHEJIANG UNIVERSITY PRESS

目录

引子　特殊的"间隔年"

　　开宝房地产集团有限公司董事长兼总经理林毅行，跻身本年度"中国风云富豪榜"第53位。在早上8点半的办公室里，林毅行本人从财经频道看到了这条消息。

　　在蜂拥的祝贺电话到来之前，他心里浮现的第一个念头竟然十分奇葩：女儿出嫁的难度是否会因此进一步加大？

　　透过办公室的落地窗，可以看见庭园里的竹林掩映着连日雾霾的灰蒙天宇。夏末的蝉声穿窗而入。林毅行注意到，墨绿遮阳伞下，有一群麻雀在木椅扶手上跳跃。

　　他听见女儿林安贝在隔壁办公室里对下属发脾气。他想着女儿安贝那张不太Happy的脸。当初给她取名"安贝"，本是想谐音"Happy"。

　　办公桌上的电话铃声在9点以后接连而至，那是朋友前来祝贺，或是各地记者想要采访。

　　他打定主意婉拒采访，因为他知道媒体最感兴趣的话题是：

　　林总能谈谈开宝公司的接班人问题吗？

　　林毅行好像看到了一堆话筒递到了自己面前。"不谈。"他摇头自语。声音弹到了办公室的四壁。

这是一个老生常谈的话题。其潜台词是：林安贝会接班吗？她的婚姻大事有进展吗？她找到男朋友了吗？

说真的，他也不知道。

他心里也快急疯了。

因为，这事至今毫无眉目。

自己已经69岁了，33岁的独养女儿林安贝依然待字闺中，找不到合适的男友，一直剩着，性格倨傲。

坊间的疑问是：这家上市公司未来由独女掌舵吗？

富家女被剩。

在坊间看来，仿佛闲愁。

但如果设身处地，你就能心领神会其中的难度。人们如此分析：

这是因为她和她的家人无法确认追求者是爱她，还是爱她家的钱？

这是因为爱钱的男人她看不上，还是因为不爱钱的男人无意承受那些钱施加于自己的眼色和压力？

即便"富二代"联姻，全世界"富二代"联合起来，相互消化，那也并不稀松，因为有联姻就有盘算，而在一番孰轻孰重的盘算之后，又往往是太过明晰的乏味计较？

……

当林毅行被人问烦了女儿的婚嫁大事时，他会说，别问我，你们可以去问中国某大鳄和他的女儿，他们遇到了和我们一样的问题。可见，这具有普遍性。

是啊，难办。

更何况，据说林安贝还在等待爱情。

是等待爱情哦。

那么，就更是一道难题啦。人们说。

对于坊间的种种猜度，林毅行说，我可不是吹毛求疵的人，难道她每找一个人选我就猜疑一个？哪会啊。我看这问题主要还是安贝自己，她中学时就去了国外，读了高中、大学、研究生、博士，学了金融、管理、社会学，十几年待下来，既不了解国内也不了解国外，加上个性从小就强，和咱们这儿的人不太搭。

哟，安贝对此不以为然：好像我谈了多少个男朋友似的，还搭不搭的呢。事实是，我压根儿没谈过一个，有你这么个老爸、这么个家，我找个男孩谈场恋爱都和你的伟大产业搅在一起了。哪个女孩像我这么沉重？这么沉重我还怎么找啊？

她抱怨：然后就是你们安排我相亲，天哪，一周相7个，都赶上林豆豆选婿了，然后你们说"相亲讲什么感觉啊，注意这是相亲"，切，不讲感觉，那我成什么了？成公司的一个项目产品了！即使是项目产品，那我也得做我自己的产品经理，你们别管了。

女儿和老爸在这问题上别扭着。

于是三姑六婆、亲朋好友都出手相助，一通龙卷风般的牵线之后，都感叹不好搞，有钱了就不好搞，"开始时是对不上眼，接下来，还对不上年纪了"。

今天林毅行对刚出炉的"富豪榜"不太乐得起来，还因为他听见安贝正在隔壁办公室里生气。

是的，安贝正在对下属发火。她清秀的脸上布满焦躁，硬朗的短发衬出强势、利落。

她嫌人力资源部没设计好员工的月度考核制度，不同的工种，你不分别量化，那怎么搞啊；她嫌销售部没搞好策划，纸媒影响力减弱，钱即使要砸在广告上，那也得有互联网思维；她嫌投资部没介入时下热门的影视业；工程部一个安装工人从脚手架上掉下来，他妈妈在公司大厅已经坐了两天两夜了……安贝感觉自己坐在一堆乱线中。老爸让她分管公司综合事业部。她知道他的用意，想让自己尽早上手，为接班作准备。

这个上午安贝把许多人骂了一通，自己也搞到心烦意乱。人力资源部部长兰娟娟在她面前哭得像个小女孩，嘟哝道，我已经尽力了，我干吗呀，我待在这儿干吗，我看着你怕得要死，我都已经48岁了，还在这么拼，这公平吗？

这天上午，跟无数个忙碌得毫无头绪的上午一样，安贝其实也想哭一场。

现在给这个兰娟娟这么一引动，安贝真的也哭起来了。她说，是不公平，我承认，那么对我来说，公平吗，谁对我公平了呢？

安贝越哭越厉害，她说，为什么得让我这么累，为什么要我承担这么多事，我这个年纪的女孩子，谁承担这么多，你说公平吗？她嘟哝，接班有什么意思？谁想接班啦？我25岁起就准备接班，就准备管公司这2万员工和他们家庭的生存，你说公平吗？我不愁吃不愁穿，干吗要这么累，这公平吗？我可不想接什么班，我也想出去玩……

兰娟娟同情地看着她，说，对不起，对不起，林妹妹，对你来说确实不公平。

安贝哭得稀里哗啦，兰娟娟开始劝她，说她可不能撂担子，她老爸都这把年纪了，该心疼他爸。

她说，那谁心疼我？

这时候林毅行突然进来了，兰娟娟赶紧溜走。安贝赶紧擦掉眼泪，低头装作看书。林毅行还是注意到了这屋子里忧愁的气氛和女儿哭泣过的眼睛，他以为她因为工作与下属有分歧而落泪，他安慰道，别急，和员工沟通要注意方式方法。

她说，这和方式方法没关系，是我累了。

林毅行说，再累，在员工面前也不能露出软弱。

他其实是好心，但他说什么都有敲打的意味，这让她心烦。

她对爸爸说，没露什么软弱，只是说说自己真实的心态，也算是劝兰娟娟，因为她说对她的要求不公平，而我说这家公司对我来讲也不公平。我出生可不是为了来接什么班的，在这个年龄段我只想像别人家的女孩，也能找找朋友，化化妆，逛逛街，出去玩。

她原本没想对老爸说这些，但心里的抱怨在这个上午突然泛滥。

林毅行忧愁地看着她，说，知道知道。

她就有些犯倔，说，我累了，我想给自己放个假。

她爸说，好，休息几天。

安贝拎起桌上的一本书——《我的间隔年》，说，在接你的班之前，在彻底灰心之前，你答应给我一个"间隔年"吧，也算是我到这世上来承担你的责任之前，让我放松一次。

他好奇怪她为什么这么说话，而她自己也奇怪怎么会这么突然一本正经地向老爸讨"间隔年"。也可能这个念头其实早已蛰伏在她心里，此刻说出来，是正好撞上了时机。

她生怕老爸不答应，赶紧接着说，让我最后轻松一下，让我玩一会儿，没准这样一年下来还真能找到男朋友了呢。

她知道这是老爸的软肋。

她说，你总是把我找男朋友，跟你自己找助手以及这个家族找靠谱的人混为一谈，那我还怎么找？我自己没办法轻松起来，那我还怎么找啊？我一天十几小时待在公司里，找谁去啊？这是问题的症结所在，你就譬如给我一年时间，让我找男朋友。

我们知道安贝从小个性强，但其实是个听爸妈话的乖女儿，要不然她也不会这么累。所以没人（包括林毅行自己）能拒绝她此刻的要求。

甚至林毅行还眼前一亮。

他想，对啊，做什么事吊儿郎当是做不好的，既然担心她嫁不出去，那么干脆就让她用一年时间，一心一意地去办这事。

他想，就像别人对付高考一样，用一年时间去攻关。

这么想，他甚至觉得安贝不愧是自己的女儿，有迎难而上的意志力。

他甚至感动了，拍了拍女儿的肩膀，说，好的，好的，一年，爸爸给你一年，你是想出去旅行？

不。安贝说，我想开一家咖啡馆，这是我从小的梦想，温馨的咖啡馆。

林毅行笑道，这不切实际吧。

他想，她怎么还像个小女孩。

安贝看了老爸一眼，说，你不是要我找朋友吗，还有什么地方比咖啡馆更人来人往？

林毅行笑了。

对的，这是对的。

但他马上接着说，光等人上门也不靠谱，我的意思是光守着咖啡馆等人上门那得等到哪年哪月去，你还需要主动出击，这样吧，咱把咖啡馆和"主动找人"结合起来吧，就比如"猎头公司"，猎优秀的人。

他脱口而出后，发现这还真是个好想法，猎头公司，对呀，干脆就办一家咖啡馆形态的猎头公司，名义上可以是为公司找总经理助理，同时又是咖啡馆，更主要的是找你喜欢的人，这样也不会太难堪。

安贝别过头去，说，怎么又是总经理助理，你的事干吗非要跟我缠在一起？

林毅行笑道，你找来当老公的人当然得是总经理助理，你懂的呀。

安贝懒得跟他争。

她心里的倔劲儿在反驳他：那也得有个因果次序，首先得是男朋友，其次才是总经理助理，否则不又和以前每一次相亲一样了吗？

父女俩都是做企业的人，行事利落，高效。

找场地，装修，购置家具和咖啡器具……一个月后，他们在城北CBD区域世贸中心大厦投资的咖啡馆开张了，名为"正在找"。

安贝和老爸约法三章，不许过问，不许管得太多，最好别来，让她自己有一年的自由。

人一自由，才能放开，才能找啊。

于是，林安贝的"间隔年"开始了。

 爱情课

一、开课前，让我独自待一会儿

就安贝目前的心态，她还没想好什么时候开张。

她没想好，是因为她很享受这样一个人待着的状态。

这令她安逸、舒适，以至于都舍不得把门打开，让人进来。

"正在找"咖啡馆，位于世贸中心综合体大厦一层外侧，面向露天喷水池广场。

　　初秋的阳光落在咖啡馆绿白相间的木格门窗、摆满雏菊的铁艺花架，以及缀着青藤枝蔓的门前吊椅上。路过那儿的人，都注意到了它的雅致。

　　透过格子窗，可以看到店内的米色布艺沙发、木质吧台、仿古吊灯、原木桌椅……推门进去，鲜花、绿植装点了整个空间，空气中混合着百合花和咖啡的芬芳。有个短发女孩正窝在壁炉旁的圆沙发里看书。

　　当然，更多的时候，你其实没法推门进去，因为门根本没开。

　　于是你轻敲窗户，女孩从沙发靠背后面探出头，用迷糊的眼神看着你，然后向你伸出手指，指指大门方向。你就又去看那扇紧闭的门，这时你才注意到门上有一块小巧的木牌：

　　本店尚未正式营业。

　　就安贝目前的心态，她还没想好什么时候开张。

她没想好，是因为她很享受这样一个人待着的状态。

这令她安逸、舒适，以至于都舍不得把门打开，让人进来。

于是这里宛若私人空间。店内摆满了鲜花，咖啡机里煮着咖啡。她穿着休闲的本白色棉质长褛，关好门窗，把自己关在店里。光线透过窗棂，落在桌面上，缓缓移动，一天的时光在悄悄地过去。她感觉回到了独自玩耍的童年，那时她常用积木为芭比娃娃搭一个别致的家，然后幻想自己的身体变小，钻进这温馨、甜美的"家"里去。而现在，她摆弄着这店里的每一个细节，真的就钻进了自己的小天地。她环顾四周，觉得很满意。

从小时候到现在，她身边总是围着一群急匆匆鼓励她向前冲的人，于是她最想要的营生居然是守着一家温馨小店。

很能理解这样的心结，因为感觉上它能让她悠然。

那么，好吧，现在就先悠闲下来吧，好好地让自己温馨一下先，也只有这么一年。

那么找男朋友这件事呢？

安贝心想，先就不想这个了吧，因为这事不是那么容易办的，所以想着就有些心烦，"间隔年"嘛，先得让自己不心烦，轻松为先。

当然，先不想，并不意味着这一年里她不去找男朋友，只是至少目前、现在、眼下，她可没想着上阵。

眼下她只想把自己当作一只猫一样，一头扎进这最软的沙发，歇一会儿，不闻不顾任何事儿。

于是每当有人敲门，她就说，对不起，这里还没开张。

天气好的时候，安贝也会从咖啡馆里出来，在门前的露天小广场上走走，或者在长椅上坐一会儿，让阳光落在身上，让自己置身在陌生人中。

喷水池在哗哗地响，几只鸽子在脚边起落。世贸中心大厦小广场上什么样的人都有。他们中的多数人脸神漠然，步履匆匆，但也有一些人像空中散漫的轻尘，摇摆在大白天的时光里，从而让时间有了另外的参照。比如，坐在台阶上发呆的那个中年人，一身阿玛尼，如此衣冠楚楚，怎么就这样席地而坐？而那个背包客埋头研究地图，他宁愿看个十分钟也懒得抬头问人；不知从哪来的一队小伙计，正轮流站到一张条凳上去，对着广场上的人大声说，我会成功的；有一对恋人坐在"篮球少年"雕像下，旁若无人地亲吻、自拍，然后各玩各的手机；一个长发歌手把音响和投币盒放到了广场中央，开唱《安妮》，声音清越，一直唱到午饭时分广场上没几个人了，还在唱"安妮，我用生命呼唤你"，那份茫然和投入让安贝哭笑不得。OMG，隔着喷水池的水光，她瞅见了自家店牌"正在找"，刹那间她觉出了它与这歌手状态匹配无比……广场上，她最喜欢打量的是那些小宝宝，他们被外婆奶奶保姆们抱来了，在太阳下颤巍巍地走，不设防的小脸，笑嘻嘻的，好想亲他们一口，好想借他们过来玩玩，宠物宝宝……

安贝有多久没这样打量他人的生活了？别人不也在过日子吗？有钱的没钱的，心急的不急的，都在过。在小广场上，在不去公司上班的日子里，安贝让脑子慢下来。于是她感觉重返了小学时代提前放学的日子：走在悠闲的街巷里，想着别人还在上班、上学，心里就有了奇怪的安逸感。

不错，这个"间隔年"的开头开得还不错。

当然，有时候安贝也邀请闺蜜来"正在找"咖啡馆坐坐，聊聊天。

她的闺蜜其实只有两位，小学同学兰彩妮和留美同学单芳。

身材娇小的单芳，是抱着一只猫前来的。那是一只灰蓝色的胖猫，肉乎乎的馒头脸，耳朵整齐地扣在头上，笑眯着眼睛，像一个需要宠爱的婴儿。

哟，这是什么猫啊？安贝问。

英国折耳，纯种的。

好肥美的脸。安贝把猫抱到自己的怀里，感觉它像个软嘟嘟的毛球。她冲着它的脸看，那个萌样啊，让人心软。安贝问，是男猫，还是女猫？

单芳说，男猫，但很胆小，好看吧，就是胆小。

安贝轻抚它可爱的耳朵，那灰蓝的毛发在阳光下有丝般的质感。她说，它还有双下巴呢。

单芳瞅着安贝笑道，我的判断没错，你和它有缘，我就把它留在你这儿吧。

真的？

单芳说自己准备要孩子了，医生关照怀孕这个阶段不能养宠物。

安贝把猫抱到胸前，它软软的腮帮子就靠过来，让人心软。安贝从小喜欢小动物，小时候养过一只虎斑猫，取了个名字叫"咪咪虎"。好，现在就收下这胖折耳吧，谁让现在是"间歇年"。

叫它什么？

胖宝。

胖宝，确实是只胖宝宝。安贝笑道，好养吗？

单芳看着它，眼里是深深的依恋，她叹了一口气，说，它最温和了，脾气近乎"甜美"，好好待它吧，归你了。

于是"正在找"咖啡馆现在除了有一个女孩，还有了一只折耳胖猫，胖宝。

胖宝确实是一只乖猫，没几天，它就对安贝有了依赖感。在寂静的咖啡馆里，当它像一个宝宝跟在安贝的身后，或蹲在沙发边张望着正在看书的安贝时，安贝心软得一塌糊涂。

安贝从网上搜索有关折耳猫的一切：

"苏格兰折耳猫有着糖果般甜美的性格。它们喜欢参与你所做的任何事情，但通常只是静静地，不会发出声音来打扰你。它们的运动天赋虽然一般，但并不表示它们不喜欢玩，只是更青睐于主人的陪伴。苏格兰折耳猫喜欢平躺着睡觉。在无所事事的时候，它们会向窗外张望……

"对人友善的折耳猫，向下折的奇妙耳朵，胖乎乎的圆脸，圆圆的眼睛，犹如从日本漫画中跳出来的可爱模样，对人非常友善，当它认定你是主人以后，便会时常跟着你的脚步走。不同于一般高傲、不理世事的猫咪，苏格兰折耳猫喜欢娇滴滴地赖在你身边，绝不会喵喵喵地大声乱叫。不过它可是好事一族，常常会主动参与主人的日常生活，好像是要帮你做些什么似的。这样可爱的一个小精灵。"

看着这样娇滴可爱的文字，安贝转过头去看胖宝，它正端坐在紧闭的门边歪着头瞅着自己，那胖脸上的神情好似什么都懂。

她对它说，也就你陪我，现在。

她对着这空静的店堂笑道，猎头公司，呵，我可没猎到人，我只猎到了一只猫。

"正在找"悠长的筹备期，可没逃过林毅行的眼睛。他在一个秋阳明媚的中午突然来探望女儿。当时，安贝正抱着猫咪胖宝坐在咖啡馆门前的吊椅上看风景。

他走到她的面前，她都没反应过来。

嗨，他对女儿说，来一杯咖啡怎么样？

安贝吃了一惊，嘟哝道，爸，你怎么来了？你怎么不先打个电话。暗访吗？

林毅行笑道，爸爸刚好路过这儿。

安贝心里嘀咕，你哪会。

她把老爸往咖啡馆里带，嘴里说，还在筹备呢，就我一个人，没这么快，所以慢慢来。

话刚出口，她就后悔这么说了。她赶紧回头对老爸笑道，你不是不喝咖啡的嘛，我给你泡杯普洱茶吧。

林毅行注意到了那只可爱的猫咪。他张口想提醒点什么的，但克制住了，他只是指着它说，嗨，好看是好看的，蛮好看的。

老爸林毅行在店里转了一圈，喝着女儿泡的普洱，瞅着这布满鲜花、别无来客的店堂，点头道，好看是好看。

而他心里最想说的话其实是：这有点守株待兔吧。

如果安贝知道老爸心里憋着这话，她嘴角一定会掠过不以为然的笑意：呵，压根儿没待兔。

林毅行喝完一杯茶，就走了。

此行他一眼就瞅出了"正在找"的自闭。正在找，呵，哪是在找啊？想找个地方躲起来呀。他知道她这是累了烦了，他理解并悯惜。但他可不想她这样，因为时间不会等你迈着慢悠悠的步伐。

他想起女儿的话，"就我一个人，不可能快的"。

对的，就她一个人，这怎么行？

原以为她会去招聘些员工来，这她总懂的，但她没有。她一个人宅在这儿，这样子别说去"猎"男人了，就连店面的正常运营都谈不上……

于是林毅行打电话给女儿，直奔主题地说，我回来后考虑了一下，你的店里得有一个内务一个外务。内务的重要性不用说了，老爸就在开宝公司的员工里帮你物色吧，要找一个能干、会张罗的人，这样你才能少费劲儿；而外务呢，也一样重要，得有人帮你跑腿搬货联络，老爸也帮你物色……

安贝没好气地打断他的话：我自己物色。

老爸说，从公司现成的员工里找，比较方便。

安贝说，你干吗什么事都要掺和进来？

老爸被呛了一下，支吾道，贝贝，内务工作涉及账本、现金，从公司现成的员工里找比较好。

而安贝说，我的"间隔年"我做主，要不然我还是回公司上班好了。

一番讨价还价后，安贝勉强答应，那个帮管杂务、财务工作的助手，在公司内部找，而那个外务，则由安贝自己定。

安贝原本可不想跟老爸争执这样的牛尖角，有什么意义啊，但她管不住自己的情绪，因为他总在她身边安排耳目。

她想，有什么不放心的，有什么可心急的，都替我急了快十年了，也没见你急出什么名堂来，有什么了不起的，我这就去给你找一些人过来瞧瞧，包括那个男朋友，有什么了不起的。

她心里有些窝火，就去看那只胖宝，它正睡在棉拖鞋造型的猫窝里，胖脸搁在鞋沿上，肥嘟嘟的，口水都要流出来的样子。她对着它说，这就去找，那些好男孩藏到哪里去了？

安贝环视这个温馨的店堂，好似看到了它即将来临的喧哗和焦躁。

爱情课

二、辣女孩准备去开教

上课？给安贝上课？兰娟娟呢喃，哦，恋爱经验课。
这下兰娟娟彻底明白了。

人力资源部部长兰娟娟将一张名单交给老总林毅行，说，这几位都不错，心态成熟，办事靠谱。

林毅行让兰娟娟把她们分别带过来，聊一聊看看。

赵彩霞、陈琳、蔡少琴、李雅菁……依次进入老总办公室，然后依次离开。林毅行把她们一个个都否决了。

他说不行，感觉不行。

其实他也说不清楚自己为何如此判断，他只是在想象中将她们分别置于"正在找"的场景中，就直觉她们无法胜任使命。

他说，年纪都偏大了点，虽然靠谱踏实，但不够活跃、新派……

他看兰娟娟好像不明白，就问，她们能把人张罗过来吗？她们懂安贝吗？

哦，这个呀。兰娟娟立马知道了，她问，是要阿庆嫂那样的吗？

对。林毅行说，但最好比阿庆嫂年轻，得和安贝年纪差不多，否则她俩话说不到一块去。

兰娟娟是聪明人，明白了，她说，那么是红娘喽，我指的是西厢记里的红娘。

林毅行笑起来，点头，就是就是，最好恋爱经验丰富一点的，能教教安贝，给她上上课，安贝这方面少根弦。

上课？给安贝上课？兰娟娟呢喃，哦，恋爱经验课。

这下兰娟娟彻底明白了。她心想，自己真是猪脑袋，老总这么一把年纪了，自己连这点事都想不明白，还要他点出来。

兰娟娟是明白了，但她立马又陷入了无措。她在脑海中飞快地将公司里的年轻女员工都过了一遍，想不出来谁能与安贝说到一块去。于是，她对林总说，我只了解员工的工作状况、风纪风貌，不太了解她们的恋爱经历，尤其她们谁最会谈恋爱。我看，要不咱们在内网上挂个征集令，看她们中的谁能和安贝一起用好这个"间隔年"，共同为公司的未来出谋划策。

兰娟娟看着林总突然皱起来的眉头，赶紧小心翼翼地补充，这也算是关系到公司未来的事，通过选聘，能选出合适的人。

林总说，内网就算啦，这么搞安贝不会肯的。

兰娟娟说，我们当然不直说选聘这个岗位是为了去教安贝谈恋爱、帮助她找对象，我们只说配合安贝近期的创新项目，旨在提升开宝新生代战略思维和自我完善，并为公司的未来发展出谋划策，是一个既务虚又务实的工作岗位。

她又笑着说道，这也没说错，帮安贝张罗她的大事，这也是为公司的未来出谋划策啊。

林毅行想了一想，点头说，也行，只有自愿来的人，才能办得好这事。

开宝公司内部窃窃私语，安贝需要找一名助手，这助手得眼观八方，善于张罗，协助打理一家个性化的猎头公司……

这年头没人是笨小孩，只要猜也能猜出几分这岗位字面之外的意思，再说，也没有不透风的墙。于是许多人瞅着选聘公告，心里明白了：安贝休起了她的"间隔年"，这是要办她自己的事了，她的事还有什么比终身大事大，所以啊，这助手的活，也包括帮助打理这个。

OMG，这个呀？

是啊。

没人跃跃欲试，因为都知道这林姑娘的性格，再说那事也是个难事。

于是，人力资源部部长兰娟娟放出风声：这有什么，这是多轻松的活儿啊，换了我如果再年轻个十岁，我自己都上了。她的"间隔年"，也意味着是你的"间隔年"，又不用考核。你们不是整天喊考核压力大吗，这个岗位可不用考核你的销售业绩，只要陪好、管好、跟好她就行了。如果干得好，你不就成了她——老总的宝贝女儿、公司未来老大的心腹了吗，换了平时，你连她的边都挨不上……

人力资源部甚至为这工作设了个职位——开宝房地产有限公司"未来事业拓展部"经理助理。

这下，一班娘子军蜂拥而至。

人力资源部的门都快被挤塌了。

辣妈吴倩倩围着一条真丝长围巾，飘飘然地来报名，她对兰娟娟说"报一个，报一个"。她捂嘴笑道，我这人呀，看人办事把关意识最强，我这一眼过去，男人靠不靠谱是一眼准的……

李云梅正在填表，她听吴倩倩说得这么直接，就抬头对人力资源部副部长李美仙笑起来，说，我做成五对了，最牛的是去年居然让两个快退休的离异男女对上了眼，高难度吧。仙姨，在这种事上关键是人选，你先得把高富帅、暖男什么的提溜过来，这然后才谈得上把关。

方艳丽也来了，她拿着一盒自制的蔓越莓曲奇，让兰娟娟她们尝尝她的手艺。她说，开咖啡馆？我哥就开了一家咖啡馆，我懂这个，来，你们尝尝，这是从我哥店里的"烘焙课堂"学来的。

李云梅、吴倩倩在心里笑她信息不对称。方艳丽好像知道她们心里怎么想，她对兰娟娟说，咖啡馆要办得有调性，火了就不怕没人来，来的人多了，就能遇上对的人了。安贝最文艺了，要不也不会想着开咖啡馆。人嘛，总是缺啥补啥，她平时太忙了，缺的就是浪漫情调这一口。如今咖啡馆办好了，她人一轻松，与人对上眼就是分分钟的事，这就叫"在对的地方遇上对的人"。所以首先是"地方"，经营咖啡馆才是第一要义，这个我懂。

听得吴倩倩、李云梅都直愣了眼，这奇葩还懂心理学呢。

而刚进门的胖姐柳萌可没气馁，她是拿着一把名片来的。她一扬头发说，我这人的优势是跑过记者，你看我采访过那么多企业家，他们是我的人才库。猎头公司的关键是知道去哪儿找人，我至少有人脉，对的地方没错，但对的人不一定都爱喝咖啡……

兰娟娟好像坐在风口，心里被这些言语吹得飘来飘去，但她脸上呈现着女王一样的矜持神情，她心想，哎哟，都针锋相对的哪，要不干脆组织一个排的兵力，都去给林姑娘上上爱情课，群众的智慧管用。

当然，来报名的都是"小嫂儿"。

而那些未婚的，除了去年才毕业的大学生蔡芬芬，以及团支书姚慧敏，没人上门。蔡芬芬是因为不懂事，她说，我可以给她拎包，因为我也好想有个"间隔年"。

而姚慧敏则是因为懂事，她就是这样懂事的人，但凡公司的事她都首先表达积极参与的姿态，以显现自己对公司的热心和勇于挑担。

兰娟娟对着这些名字，想了一天一夜。

结果她一个都没看上。她说，我感觉她们搞不定。

是的，这一次没等林总意见，她自己先将这些娘子军们置于想象中的"正在找"咖啡馆，尤其是放在安贝的身边，就觉得她们都弱爆了。

她轻叹了一口气，说，别看我们单位人挺多，能干的女员工也不少，但搁在这事上，一个个掂量过来，好像还真的没人合适，主要是没这个能量。

怎么会呢？人力资源部副部长李美仙说。

兰娟娟说，她们有情怀吗？

这事还需要情怀？

那当然。

怎么说？

我一下子说不清，反正，这活需要有这个高度和境界，这是直觉，这就譬如去给咱林姑娘开爱情课，林姑娘一般人谁教得了，帮办得了？

嗯，那怎么办？

再找找。

中午兰娟娟在公司食堂吃饭的时候还在想这事。

端着餐盘的同事像潮水一样，一波波地从她面前涌来退去。她吃得极其缓慢，像坐在街边下棋的人，在一个子一个子地比照。她知道这事无法试错，安贝的性格她知道。

在吃中饭之前，她曾去向林总汇报过情况。林总瞅了一眼报名者的那张名单，她们中的大多数他并不认识，所以他说，这事你全权张罗，你选好了人，我再看一看。

鉴于报名者基本上全是"小嫂儿"，他只提了一个建议，我看最好是与安贝一样，也是还没结婚的，这样两个人共同语言多一些，可以交心，相互对照，张罗起来也会更投入……

虽然事后兰娟娟对林总洞察人性、人心的能力无比佩服，但现在她还不太明白，她想"小嫂儿"才有经验呀，怎么，难道要找团支书姚慧敏那样的？

她不看好姚慧敏，觉得她有点假，你永远看不懂她真正在想什么，也可能她未必真在想什么，只是她从小就是学生干部模样。撇开慧敏的个性，你也想象不出她能帮着安贝张罗来什么有趣的男生，她自己找对象都还八字没一撇。当然，她比安贝小了好几岁。

那么还有谁呢？兰娟娟瞅着从面前晃过去的那些脸。

那些脸，在正午时分的食堂里显得那么寻常，它们或沉静或快乐或漠然或忧愁或傻样，它们知道有人正在研读它们是否具有"爱情悟性"，并为此焦虑吗？

坐在兰娟娟斜对面的一个女孩一边用调羹拨着饭菜，一边在打电话，手机贴在脸颊上，她在说，哈，是你啊，老威呀，我记得记得，我在干吗？我在吃饭哪，在公司食堂里，哎哟，有什么好吃的，嗯，你又不请我吃饭……正午的阳光从窗口照进来，落在她的头发、外套、餐盘上，她像被笼在了光柱里的芭比，粉色小外套是毛茸茸的，声音是娇滴滴的。手机的那头，一定是个男人。

"小刀片"乔娜，公司的临时工。当初也不知是谁介绍她过来的，在开宝已待了两年了，还没正式进来。这女孩学的是会计，但风格像是学演艺的——娇滴滴地说话，很天真的样子，但嘴里说出来的言语时不时让人，尤其是那些男人一惊一麻。在开宝公司，她帮着打杂，有时与人到中年的男中层们打打情骂骂俏。她那傻纯女生正在跌进大染缸的姿态，在一群职业化的员工中显得抢眼而搞笑，她的风情也由此而生。但在兰娟娟刀子一样犀利的眼睛里，这类女孩貌似啥都不懂，其实啥都明白，并总能把自己周围搞得很热闹，傻纯娇滴，背面却是"心机女"，是不会让自己吃亏的。

兰娟娟不喜欢乔娜，估计不少人也如此，否则她怎会有"小刀片"这样一个绰号？惹人爱了吗，未必真的吧，要不怎么都两年了还没正式进开宝公司？

乔娜给兰娟娟留下过这样两次深刻印象：

有一次，兰娟娟让乔娜来人力资源部打份材料。忙到快下班的时候，乔娜搁下还没完成的活，开始摇手机，她摇啊摇，然后给其中一个什么人发信息，嘴里还念出来了：哎哟，摇到你了，你正好离我最近，约饭约饭，请我吃饭吧。

见这屋里的人不明白自己在干啥，乔娜捂嘴而笑，说，约饭，每天这个时候摇一摇，找个人请饭，一个人不嗨皮，两个人不孤单。男中年老何在坏笑，乔娜也咯咯咯地笑起来，说，有时候遇到个呆瓜，还以为是约炮的，吓他们下，昨天我吓跑了三个。

她精灵古怪，有点轻摇滚的风格，让兰娟娟一冲眼觉得像周迅，但眉目间那种小家碧玉的精明，可逃不过兰娟娟的眼睛。这女生这么大大咧咧，装嫩、玩酷给你们看，是想像个毫无城府的小女生一样让你们怜爱。任何状况但凡被人瞅出了目的性，就是乏味的。人力资源部部长兰娟娟看人就是这样一目了然，所以她不屑直视"小刀片"乔娜的天真。

还有一次，开宝湖畔楼盘现场预售活动，乔娜帮忙点钞。兰娟娟那天正好也在现场，一眼瞥见乔娜坐在人堆中在飞快地数钱，那一刀刀纸币在她手里流畅地滑动，沙沙沙，像正在经过一个精准的装置。人群中，乔娜皱着眉，低头向钱，那份严肃的神情，是兰娟娟所陌生的，但又深感与乔娜本人真实质地如此般配。对的，这很奇怪，有时候人与某个特定场景、状况会有种说不上来的相配感。兰娟娟也说不上来自己为什么这么看乔娜，反正她牢记了乔娜这一刻的样子，并觉得瞥见了她真正的一面。

这样的描述有点荒诞，但你多少明白了"小刀片"乔娜大概是怎样一个人了。生活中有的是这样的女孩，生存不易，家境一般，冰雪聪明，劳碌命，什么都得靠自己折腾，当然，人本质倒未必真的生猛。

如果真的生猛，那还不已搞定了一切，要不然怎么都两年了，还在这儿做临时工。

她在这儿做临时工，她还在F大读在职研究生。

兰娟娟心里这么盘算着的时候，乔娜侧转过脸，对她笑笑。

太阳光下，乔娜眯缝着眼睛，像一只小猫。

然后乔娜端起餐盘，向兰娟娟袅袅婷婷地走过来。

她叫了一声"兰姐"，在兰娟娟对面坐下来，脸上是清澈的灵动。兰娟娟向她点头，说，挺漂亮的衣服。

乔娜告诉兰姐，这一身上下，连同内衣，加起来150块钱。她咯咯笑道，我跑到城北批发市场去买的，市场一开门，我第一个进去，对摊主说，第一笔生意，帮你开门红，结果比淘宝上买来的还便宜一个零……

兰娟娟又瞅了一眼她这身日系甜美少女装，也不知她说的是真还是假，但知道她在营造说话的氛围，所以就笑笑，说，真会砍。

乔娜说主要是没钱哪。她笑起来的样子明亮得就像窗边的阳光。兰娟娟心想，到底是年轻，好看还是好看的。

乔娜轻声说，兰姐，我也好想报名，就是安贝助手的那个岗位。

兰娟娟呵呵笑了笑。

乔娜说，我是临时工，不知能不能报名，但我好想参与啊，这工作多有趣啊。

兰娟娟说，这次没考虑临时工。

乔娜嘟哝，我知道，但哪怕我去端盘子，我也愿意，那里总是需要服务员的吧，兰姐，我真的好想参与，谋划公司未来发展方向，好高大上好有意义，还能跟着安贝学点东西。

兰娟娟好像看明白了这个两年都没能混进公司来的女孩在想什么，她说，哦，我明白了。

兰娟娟实在挑不出别人了，她把团支书姚慧敏的名字报给了老总林毅行。

她说，至少慧敏实在老成，不会搞砸，不会乱来。

林毅行认识团支书慧敏，他想了想，说，她为人不错，但这个工作她不合适。

兰娟娟说，她做思想工作不错的。

林总说，不是让她去做思想工作，而是把谈情说爱这件事张罗起来。

兰娟娟说，她至少可以把消息如实地传回来。

林总说，我另有耳目。

兰娟娟看着落地窗外银杏叶在一片片飘落，在风中像下着一场金色的雨，心里一片迷惘。

她摇头道，我们公司没这样的人才，要不明年招聘的时候……她话说到一半，看见林总皱眉的样子，知道他在心烦，就赶紧说，哦，还有一个人选，机灵是机灵，但有点出位的，并且是临时工，不知怎么样？

林总办公桌上的电话铃响了，他一边去接，一边对兰娟娟说，要不把她叫过来，见见。

乔娜被兰娟娟叫到了公司大堂的拐角里。她俩在窃窃私语。

兰娟娟千般交代万般关照：你可不能给我丢脸，说什么话都要经过脑子，他可不是你平时打交道的老何老王老方那个路子，更何况这事是关于他自己女儿的，他不会要不靠谱的人的，你一定要实实在在地说话。懂不懂？

乔娜脑袋点得像鸡啄米。

兰娟娟伸手用力一扳乔娜的肩膀，说，站正，站正了说话。

乔娜的脸都红到了脖子里。她挺胸立正，像要出征的女兵，她说，兰姐放心，我知道了，是您给了我这个机会，我一定为您争气。

乔娜又放轻声音说，如果我做得好，就有机会正式进公司了，我当然知轻重，兰姐姐放心。

兰娟娟嘴边掠过一道高深的笑意，说，我知道你是冲着进公司才想着走这条路的，但这事可不是一般的事，你得理理你的思路，梳理一下自己有哪些优势，尤其是可以如何给安贝上上恋爱经验课，好吧，下班前我带你过去见林总，成不成由他定。

下班前，乔娜来到了人力资源部。

兰娟娟抬起头，发现面前站着的好似是另一个女孩——乔娜不知从谁那儿借了一套藏青色职业装换上了，翻领白衬衣，盘着头发，手里拿着一个笔记本。

兰娟娟点点头，说，蛮好。

她带着乔娜穿过回廊，去董事长林毅行的办公楼。

秋天傍晚的阳光，落在幕墙玻璃上，反射出一片光华。乔娜一边走，一边打开笔记本又看了一眼，说，谢谢兰姐姐，我会完成任务的。

兰娟娟往前走，她听着两人的高跟鞋在地砖上发出的声音。

林总问，你知道你的任务吗？你的优势在哪儿？咱们直接说，小乔，这事不绕圈子。

乔娜在硕大的办公桌前站正，向老总点了点头，说，我知道，我有这样几个优势：

性格活泼、不闷，和人好相处。

会忍、执着，否则我也不可能在这里做了两年临时工还在坚持，蛮拼的。

交往过的男孩子不算少，这没什么不好意思讲的，因为这意味着"识人"，有经验之谈，平时我就常给小姐妹上"爱情课"。

会算，我是学会计的，会计就要会算，正因为会算，所以不吃亏，所以也不会让"正在找"猎头公司以及安贝吃亏。

我很想进开宝，我知道只有把这事办好了，才有机会，所以会下狠劲去做，只有Work hard，才能Beautiful。

我喜欢向外拓展的工作，我在学校的时候就是学生会外联部部长。我好喜欢这个从没做过的事，街头小店，别有使命，有点谍战的感觉，我喜欢这个，我也喜欢安贝，她好有高度。

我知道我看着好像蛮辣的，其实蛮单纯的，正因为单纯所以才装辣，装大尾巴狼，自我壮胆。你们放心，我不会带坏安贝的。

兰娟娟坐在一旁的沙发上看着、听着，心里就像在走钢丝，这女孩的每一句话都让她晃荡，然后又平安落地。

兰娟娟想，还行还行，还算正儿八经，也有她自己的那么点幽默感，能给人留下印象，看得出她这一个下午的用心设计。

果然，林总对兰娟娟点了一下头，说，可以，看得出她有做事的逻辑。

然后他转过脸，对乔娜说，小乔，先试一试，这事如果干得好，我们会考虑给你奖励。

那天晚上，乔娜激动得一夜没睡着，或者说，是怕睡着了忘记了激动，所以不想睡。

因为林总给她的许诺是，这一年如果这事办得出色，年薪40万元。

看得出人力资源部部长兰娟娟刹那间的失落。是啊，如果兰姐年轻个十几岁，没准她自己都想上了。当然，人面对许诺的时候，往往会低估获取结果的难度。

现在，乔娜就得面对这个即将到来的难度。

林总给了她一个半星期的时间准备，让她去本市多家猎头公司、咖啡馆取经，以了解基本的运营常识。

 爱情课

三、爱情课的参考书

她把《爱情心理学》《爱情经济学》《爱情三十六计》《爱情发生论》《爱情指南》《情爱宝典》《爱情对弈》，甚至《泡男》往借书台上放，说，我借这些。

而乔娜首先去的是省图书馆。

她把《爱情心理学》《爱情经济学》《爱情三十六计》《爱情发生论》《爱情指南》《情爱宝典》《爱情对弈》，甚至《泡男》往借书台上放，说，我借这些。

图书管理员是个小伙子，他惊呆了，OMG，这美女不是受了刺激需要疗伤，就是准备生猛出击。

他咧嘴，吐了一下舌头，说，学以致用。

乔娜给了他一个媚眼，说，错，为了升华。

然后，她把书装进背包里，扭着腰肢，嗒嗒嗒地走在大理石地面上。她知道那男孩在后面看自己，于是一得意，感觉就像爱情捕手出征了。

是的，她确实得意，但也惶恐。

因为这个古怪的馅饼掉在了自己的头上。

知道吗，要是林总、兰娟娟他们知道自己至今还没正儿八经地、深入地谈过一场恋爱，他们可能要昏过去。

是的。姐没谈过。

姐自己都快昏过去了。说出来可能没人信。没准都以为没有我乔娜搞不定的男人。她瞥了一眼图书馆玻璃门上自己的身影。她对自己婀娜的身姿还算满意。她想，呵，姐也27岁了，只有姐知道自己的问题，我的问题就是想得太多。像我这样矿工的女儿，怎么可能不多想？嫁人就是第二次出生，女生比男生多了一次出生机会，不多想是不可能的。

乔娜嗒嗒嗒地往前走，她想着曾经遇见过的那些男人，他们总是让她犹豫，当然她也让他们犹豫。一犹豫，心里不是淡然就是纠结，而这说明他们都不是自己真正想要的。

乔娜对自己说，我乔娜虽是矿工的女儿，但智商超高，从不浪费时间，拖着这么一个清苦的家，所以从不在不可能的事上浪费时间。除了时间宝贵，还害怕伤痛，痛不起哪。

但问题也就在这里，浪费不浪费时间取决于判断，而判断对于她而言，又总是想得太多了，于是，传说中的"高不成低不就"发生了。

她确实没在让她犹豫的人身上浪费时间，但这也意味着她没捕获到一个男人，所以，结果还是浪费了时间，明年都要28岁了，也必须奋勇出击了。

乔娜脸含笑意，如春风拂面。有路人在看她，她风情万种地走着。她就喜欢这样虚张声势，让自己感觉被宠、被疼爱。

这是城市的黄昏，大街上车辆在缓慢地开动。乔娜沿着街边走，灿烂的街灯在一盏盏亮起来。现在她把清苦家境、尘肺病老爸，以及自己还没正式就业等，暂时抛到了身后。

因为她要出击了。

她想，先把富姐姐安贝的事拿下，再把自己的饭碗拿下，然后把自己嫁出去。明天，是新的一天。

四、喵星人的爱情课

他说话有板有眼，因为英俊，你会忽略他说话时的耿直。安贝觉得他有孩子式的认真劲。理工男可能都这样，专注于某件事时会考虑得比较周全，比如让朋友同意将铃铛留在这儿几天。而他说"让它们培养培养感情"时的表情，一点儿故意逗人的意思也没有，结果那顶真的样子反而让人觉得幽默。

安贝抱着猫咪胖宝，坐在"正在找"门前的吊椅上，轻轻地晃悠。

暖阳照在小广场上，这是星期六的上午，许多小孩在这儿练习轮滑，一只蝴蝶风筝飘扬在空中，两个中学生在玩飞盘，喷水池附近坐着晒太阳、看报、玩手机的人，一个卖气球的在自行车后座上绑满了各色彩球……相比于平日，休息天的CBD区域多了生活的烟火气。

安贝晃着吊椅。"正在找"门前除了铁艺花架上如星星般绽放的绚彩雏菊，又布置了各种绿色植物吊盆，它们簇拥着门廊。

安贝侧转脸，觉得植物环绕的"正在找"门面与巴黎"花神"咖啡馆外景有点相像，并且因为这儿绿白色相间的门窗，还显得更为清新、年轻化。

她轻轻地晃着吊椅，胖宝在她怀里静静地待着。那丝绒般的灰蓝色毛，发着幽幽的高贵柔光。

有一个背双肩包的男孩走到了她的面前，盯着胖宝看。

安贝抬头，这男生二十来岁，清秀，大眼睛，下巴硬朗，面貌悦目。她向他笑笑，心想，谁都觉得这猫好看。

他咧嘴笑，一口雪白的牙齿，他对安贝说，这猫有点忧郁。

安贝心想，小鲜肉，你怎么这样说话？她轻扬眉，瞅着他说，哪里啊？

他老三老四地径自点头，说，是的，我感觉它不是很高兴。

安贝把胖宝举到眼前，看着它的眼睛，说，怎么忧郁了？我看它挺开心的。

小鲜肉感觉到了她话里的不爽情绪，就说，我也不知道为什么这么觉得，但我感觉它不开心。

如果换了别的男人，这样说一只猫忧郁不忧郁的，她一定觉得奶声奶气，但因为是小鲜肉，她反倒觉得小鲜肉们就是这样说话的。

安贝盯着胖宝的眼睛看，它也瞅着她。她从它金黄的眸子里看到了自己，她对它笑了笑，它没什么表情。

它忧郁吗？

小鲜肉还在面前，他说，我家里最多的时候养过8只猫，其中有3只是流浪猫，我看得出来猫咪是开心还是不开心。

安贝转过脸，看着这张阳光帅气的脸庞，他脸上的萌样，消解掉了一些他的唐突，让他显得诚恳和好心肠。

于是她也有点把握不定了。她想，是他多管闲事，还是胖宝真的忧郁了？

她感到不安了。她把胖宝放在吊椅上，赶紧拿出手机给它拍照，她说，我不信，我要发微信给朋友们评评，让他们看看它是不是忧郁了？

她发给胖宝的旧主单芳，发给小学同学兰彩妮，发给开宝的下属兰娟娟，甚至发给了她美国、英国的同学。

她发语音：你看看，我家宝贝是不是有点忧郁？

她对着手机说，一边瞅着胖宝，一边一遍遍地说。说着说着，她仿佛受了暗示，好似真的瞅出了胖宝缓慢动作背后的没劲感和忧郁。

小鲜肉蹲在吊椅前，伸出手，轻抚胖宝。他嘴里发出"喵喵喵"的声音。

她发完微信，在等她们回复信息的这一段时间里，忍不住问他，喂，你真的觉得它忧郁？

嗯。小鲜肉点头说，是的，它需要一个女朋友。

女朋友？

嗯，它在发情了，得给它找只女猫。

这可是安贝没想到的，她轻唤了一声，啊哟，这是真的吗？

小鲜肉回过头来，眼睛里有清亮的光泽，他咧嘴对她笑，说，嗯，这个我基本上够给人上课的资格。我家现在养了4只猫，最多的时候……安贝赶紧把话接上，最多的时候养了8只，其中3只是流浪猫。

小鲜肉点头，那脸上的严肃劲儿，说明他一点都没在乎她的调侃。他说，有一只叫小夏，我妈比较嫌弃它，嫌它当过流浪猫，其实别人对小夏的态度，小夏心里明白，结果它忧郁了。一个大白天，小夏从9楼阳台上跳了下去。对于小夏的轻生行为，我妈是有责任的，我也是有责任的，因为我注意到了它的忧郁，但没重视。

安贝看着他脸上的诚恳，那诚恳里有些孩子气，她一把将胖宝抱起来，搂在怀里。他这样的说话方式，让她又想笑又焦虑，她说，不会吧，你再仔细看看，它是不是因为没有女朋友忧郁了？

小鲜肉站起身，脸上突然有了点酷劲儿，那意思是我又没骗你，你还不信。他转身要离开的那一瞬间，他又看了一眼安贝怀里的胖宝，说，我朋友家就有只折耳女猫，我明天给你带过来，让它们配配。

安贝看着他走开去的背影，喊了一声，喂，明天啥时候过来？

他说，就这个时候好了。

小鲜肉抱着一只折耳猫，第二天上午出现在喷水池旁。

他戴着棒球帽，穿着套头衫，把猫放在地上，在独自逗它玩，身边围着几个小朋友。

安贝早就看到他了，但他一直没过来。

安贝心想，他在干什么？

后来他终于过来了，他抱着猫，对坐在吊椅上的安贝说，我上午八点从海哥家里把它抱来了，但我和它也不熟，所以刚才需要先熟悉一下。

安贝就伸头过去看女猫，也是粉嘟嘟的一只。

安贝叫了一声"好可爱"，伸手去摸它。没想到它挥爪，抓了她一下。

血痕出现在安贝的手背上。

这么凶，安贝说。

他也吃了一惊，说，不好意思，是有点认生。他拍拍女猫的头，说，乖点。

叫什么名字？

铃铛。

他把铃铛放在地上，安贝也把胖宝放在地上。两只猫相互看着，然后胖宝走开了，往店里走，是怕羞了？

安贝赶紧把胖宝抱回来，放在铃铛的面前。

铃铛绕着胖宝走了一圈，胖宝伸出脖子看着它，模样是那么憨厚、老实。安贝说，胖宝，快跟它交朋友。

哪有这么快交朋友的。这次是铃铛走开去了，但它没走多远，走到离吊椅十米开外，趴在地上，伸了个懒腰，晒起了太阳。胖宝跟上去了几步，离铃铛三米距离，也坐下了，静静地看着女猫。

能成吗？安贝问男孩，男孩此刻坐在吊椅上，与她一起看着那两只猫咪。

哪有这么快的。他笑道，现在的表现至少说明它俩相互不讨厌，但也说不上对上眼了。

我怀疑它们成不了，一点激情也没有。安贝说。

看着猫咪在晒太阳，他们在交谈。

小男生，你是在世贸中心上班吗？

还没呢，这儿有家网络公司最近在招聘，我来应聘。

你才毕业？

没哪，已经工作2年了。

2年？真年轻啊，安贝说。

她心里想，看上去还是个大学生的样子。

他笑起来，哪里啊，我研究生毕业2年了。

安贝可没不信，长得好看的人都显小。看上去年轻有多好啊！娃娃脸有多好啊！

她看着在太阳下毫无动静的两只猫，嘟哝道，看样子一时半会儿它们成不了朋友。

他说，这事可不能急，我对朋友说过了，铃铛在你这儿养几天，让它们培养培养感情。

他说话有板有眼，因为英俊，你会忽略他说话时的耿直。安贝觉得他有孩子式的认真劲。理工男可能都这样，专注于某件事时会考虑得比较周全，比如让朋友同意将铃铛留在这儿几天。而他说"让它们培养培养感情"时的表情，一点儿故意逗人的意思也没有，结果那顶真的样子反而让人觉得幽默。

她说，呵，男孩，谢谢你为它们考虑得这么人性化，简直给我上了猫咪的爱情课哪。

现在她知道了他叫鹿星儿，原先在一家游戏公司上班，今年上半年公司运营不行了，他就不做了，这几个月都在找工作，还没找到。

安贝劝他慢慢找，会找到合适的。

她笑着回头，指给他看自己的店牌"正在找"，笑道，你看，"正在找"，每一个人都在找。

她问他想喝咖啡还是茶，他说不喝咖啡。于是，安贝就进店给他泡了杯红茶，加了奶，端出来给他，说，以后你如果能在"世贸中心"这一带上班的话，可以经常来喝。

他笑笑，问，很贵吗？

她向这男生一扬眉，指着地上的两只猫咪说，不收你的钱，谁让这两猫是朋友，我们是家长呀。

于是他也笑着点头。

见他一直没问自己叫什么名，安贝就告诉他，自己叫林安贝，你可以叫我安姐。

好，安姐。他站起来，拎起搁在椅子上的双肩包，背上它，说，我后天会过来的，看看那时它们是否相亲相爱了。

他向安贝、向地上的那两只猫挥挥手，走了。

两天后，鹿星儿来到了小广场上。

那天在下雨，他打着伞推开了"正在找"咖啡馆的门，他闻到了浓郁的咖啡香味，看到了温暖的灯光。空静的店里有个女孩从圆形沙发后面探出头来，她说，嘿，下雨天你还过来了。

他说，我来看看它们成了没有。

安贝一手指着壁炉旁，一手指着东窗，说，你看，它们一个坐这边，一个坐那边，都两天了，还这么瞅着，只是相互瞅瞅而已，不知算不算相看两不厌，我看这事不靠谱。

鹿星儿蹲到铃铛的面前，把铃铛抱起来，走到东窗边，把它放在胖宝的面前，两只猫咪依然看着对方，没有什么动静。

安贝说，我看，这就算了，没有缘。

正这么说，铃铛走开去了，往壁炉那边走，而这次胖宝居然在后面跟着。它们都发出"喵喵喵"的叫唤。

安贝与鹿星儿相视一笑，鹿星儿说，主要是没人主动。

安贝咯咯笑起来，不是我家胖宝比较害羞，而是你不在这儿的时候，每当胖宝想靠近铃铛，铃铛就发出"嗞嗞嗞"的恐吓声。

鹿星儿挥了一下手指，说，这时候就要扑上去啊。

安贝打了一下这男生的手臂，笑道，哟，口味太重，我家胖宝很纯的。

安贝看了一眼窗外的雨，小广场在一片水光中，她说，我还以为你今天不会过来，你今天把它抱回去吗？

鹿星儿已经蹲在壁炉前了，他在研究两只猫咪成亲的可能性。他说，哪有这么快的，我对海哥说，再在这儿养几天吧，他其实也希望配种成功。

安贝笑道，OMG，有这样两只猫在这儿，我基本上别的事都没法做了，好在现在这儿还没正式开张。

鹿星儿冲着她点头，那笑容里有些明白，他说，我有空的时候会过来看看。

这话让她想起了他的应聘之事，她问他通过了吗？

他说，没有，高手太多，有清华北大的。

她突然说，要不你先来我这店里干吧，可以一边在这里做，一边继续找工作。

他并不奇怪她发出了这样的邀请。他环顾这店里的摆设，点头说，好的。

她给他定了个薪酬，每月4000元。他没讨价还价，只问她什么时候来，明天吗？

她说，明天可以，下周一比较好。

他推门出去，回头对她说，我明天就来，抓紧时间撮合胖宝和铃铛。

他打着伞走了。

安贝环视这布满鲜花的店堂，知道这里的安静即将消逝，她的"间隔年"的另一页也将开始。她想，老爸，我这不就把做外务的人给找好了吗，有什么了不起的。

而两个小时以后，在5000米之外的开宝国际假日酒店顶层的露台玻璃阁里，老施工员鹿谷和儿子鹿星儿正坐在林毅行的面前。

林毅行说，小伙子不错，你小时候我就见过，从小机灵，我就知道你能行，今天这事你办得很妥嘛。

鹿谷跟了开宝老总林毅行二十多年，彼此是同乡。林总如此郑重其事的求助，让鹿氏父子有些惶然。

林毅行笑道，其实这事原本也没必要搞得这么神秘兮兮，只是我那女儿的个性有点儿倔。星儿，你得帮助一下你这个姐姐，什么事都尽点力，有什么情况先对我或者你爸爸说，你心里可不要觉得这是当耳目，没这么复杂的。

鹿星儿点头，因为老爸也在向他点头。

爱情课

五、课前准备：欢迎来到"正在找"

窗外的北风在掠过树枝，乔娜心里的意念越来越明确，这些活动的前提是人，得有人来。她推开了笔记本，决定绕开枝枝蔓蔓，直接上位，去找人。那些精英、那些才俊，你们给我统统进来，我们老大、我们的林姑娘要你们！

乔娜坐在吧台上，脸上是兴奋的光泽，但心里其实在发慌。

她知道这虚张声势的兴奋，是从发慌的心里硬生生让它浮现上来，用它去照耀空落落的店堂和自己虚弱的心情。

她想，再别扭也得挺住。

她已经来这儿两天了。让她别扭的是，这两天只进来了两个客人，给他们泡了两杯咖啡，其余时间没事可做。

她更大的局促在于：她的上司安贝在多数时间里只窝在自己的沙发里，和那个小跑腿在张罗那两只猫，而忽略了她乔娜的存在。

两只猫，值得这么费劲吗？

当它们从乔娜脚边走过去时，她打心眼里怕。她怕猫。

但她装作喜爱的样子，嘴里也向它们发出"喵喵喵"的声音，就像她装着因新工作而生的兴奋劲儿。她擦了桌子又擦窗，洗了杯子又插花换水，她洋溢着的干劲儿把周围照耀得满当当，唯独没照进安贝的视线。

乔娜在心里对自己说，挺住，一定得挺住，无论如何这一年都得挺住，40万元哪，比爸爸工作8年还多，挺住。

她将咖啡馆收拾了一遍又一遍，然后趴在吧台上，瞅着那两个人蹲在地上的背影，心想，她今天还需要我做什么呢？

没有。安贝今天没布置她要做什么。

乔娜想，那么我又怎么开始林总布置的那项"作业"？

乔娜心里有些发急和难堪，她听到了他俩在嘀咕什么猫粮好，要不要喂点排骨给它，她更听到了空气中轻尘飘动的声音。

她无法融入安贝的话题，以及安贝与那个小跑腿正在张罗的事，她在心里笑话那个男孩鹿星儿，不就比我早来了几天，不就譬如在陪她过家家，不就是两只猫咪吗，矫不矫情啊……她发现自己在嫉妒他的存在感。

乔娜起身，说，要不我去给猫咪买点排骨？

安贝回头说，好啊，买一点牛排，不要太多。

乔娜在超市挑了一块牛排，然后拎着篮子在下午一点时分空旷的超市里逛。她走过琳琅满目的零食区、五颜六色的水果区，像一条鱼在这里透口气，同时飞快地整理自己的思维。

等她走出超市，走向马路的时候，她想明白了：你等着她安贝布置任务，这是不可能的，因为她其实也不知该干啥，猎头？猎人？恋爱帮办？第一，她是不是真有这个兴致；第二，即使有，她哪知道该如何去猎啊，难道她好意思说"你们给我去把合适的男人猎来呀"。没错，不会，要不然林总也不会派我来当这个助手了。

乔娜提起塑料袋，又看了一眼那块牛排，她不知安贝会不会满意，她从没买过牛排，也不知该怎么弄，是不是煮熟了才能给猫吃？

乔娜站在人行道边，等对面的绿灯亮起来，心想，安贝不会主动给我们布置任务，我又没干过"恋爱帮办"的活儿，那怎么去"猎人"呢？

她心里纷乱，一辆辆车从面前掠过，她瞅着不远处的"世贸中心"大厦，找不到自己的着力点，虽然她心里有搞定安贝的意志。

遥远的谋划想不明白，即使想近的都觉心烦，比如五分钟后自己走进"正在找"以后，还能做点什么呢，洗牛排、煮牛排、切牛排……估计喂食轮不到自己。

她发现自己得给自己找活儿干，否则这一天下来，心里发慌。

她袅袅婷婷地穿过马路，走到小广场上，"正在找"绿色植物簇拥的店面映入眼帘。她脑海里跃出一个念头：在不知如何"猎人"之前，先得把咖啡馆的运营搞起来，把人气搞起来，这是现在能做的，并且也是做了不会错的，否则真要闷死了。

乔娜走进"正在找"，她脸上的兴奋再次绽放。

她叫嚷着，买回来啦，买回来啦，我挑了一块智利进口的。

安贝从沙发上站起来，对这个穿得毛茸茸把自己往娇嫩方向打扮、一整天都在叽喳着的女生说，洗下，白水煮下，然后切成小块。

在乔娜洗牛排的那一刻，安贝瞅了一眼她的背影。其实安贝也在整理自己的思维，这一阵自己多半是得了拖延症，即使老爸派来的乔娜和自己找来的鹿星儿上岗了，自己也在拖延需要张罗的一切。她感觉得出乔娜无所适从的焦虑。她想，老爸让你来管我、催我了？切。

虽这么想，但她也知道得安排他们两个，否则这么两个人整天晃在眼前，也是心烦的事。安贝就是这样一个人，从小到大，被教惯了责任感，摆脱不了，比如看着他俩无事可干，她慢慢也会替他们局促。

当乔娜煮好牛排、鹿星儿喂好猫咪，安贝对他们说，来，两位坐到沙发这边来，咱们开个小会。

安贝小巧的脸上有了一丝沉静和严肃。乔娜、鹿星儿心想：老大终于要来正经的了。

安贝的小会，十分钟，没任何商量、讨论环节。她说，"正在找"开张了，欢迎两位来到这里，欢迎鹿星儿！欢迎乔娜！办一家咖啡馆，是我从小的梦想。感谢两位一起帮助我实现梦想。我给这儿的定位是轻松、有趣，所有背离这两个词的，都不是我要的，这就是"正在找"的价值观，也就是说，工作不是主要的，开心才是主要的，尤其对我来说，这是第一要义。在这么一个空间里，在这么一年里，我希望你们两位在这一点上与我达成默契。

安贝瞥了一眼乔娜，不知老爸派来的这女孩懂自己话里的意思吗？

安贝接着说，正因为这样，无论是经营咖啡馆还是为我父亲公司"猎头"，不开心的事我不想做，让我觉得沉重的人，更是谢绝。这个你们得记一下。

她又瞥了一眼乔娜。而乔娜正盯着安贝在想：安贝挺好看的。

壁炉边的暖黄射灯下，安贝挑染了几缕金灰色的短发，大眼睛，精致的妆容，都像笼在一层光圈里。

她挺好看的呀，怎么会没人追呢？乔娜有些走神。

安贝的语速有点快，显得逻辑清晰和强势。

乔娜心想，那么厉害，当然是没人追了。

安贝可不知乔娜在想什么，她向他俩摊了摊手，说，也可能你们还会问，那么具体做点什么呢？具体的，我不做过细安排了，凡是咖啡馆该做的都可以做，依上述原则，发挥想象力，为公司，也为我们自己寻找"某种相遇"，让优秀的人进来，与开心的人相遇，当然，前提是自然妥帖。

安贝说得有些文艺有些绕，她原本可不想提老爸布置给自己的"作业"，什么"猎头""相遇"的，但她知道乔娜会去汇报，所以就模糊地提了下，她看了一眼鹿星儿，心想他可听不懂这话里的所指，他会奇怪这咖啡馆到底是干什么的吗？

乔娜在向安贝点头，因为乔娜听到了自己想要听到的意思。刚才她在门外时不就是这么想的吗，得先把这里的人气给张罗起来，让人进来，才会有该来的一切。乔娜想，英雄所见略同啊。

乔娜飞快地看了一眼鹿星儿，他样子傻纯，不知搞明白了没有，知道吗，到这儿来可不是为了养猫，男孩。

当然，他搞不明白也是理所当然的，他薪水才几多，而自己有40万元哪，使命是不同的，价值也是不同的。乔娜有些得意。

乔娜与林毅行、兰娟娟约定的汇报时间，是每周三上午8点半。这个时间点"正在找"还没开门。汇报之后，在10点钟之前赶到店里，不露痕迹。

今天乔娜告诉林总，目前"正在找"还没什么客人，也没什么活可干，所以我想先把人引进来，将人气做上来。

林总点头说，对的，把年轻人吸引过来，让安贝先接接地气，看看其他年轻人是怎么交友怎么生活的，这个接地气的工作很要紧，你们咖啡馆可以多搞点社交活动，让安贝活跃起来，心动才有行动，找对象得先有找对象的心情。这是第一步的事。小乔，你多出点力。

乔娜站起来，说，一定。

乔娜在电脑前钻研到了凌晨三点，搜罗各类咖啡馆的人气创意活动，以激发自己的灵感。

窗外是工人新村的夜晚。这片建于20世纪70年代末的公寓楼已有些破败。乔娜从小就生活在这里。三年前母亲因胃癌去世后，这屋里就只有乔娜和她那个早年在北方当过矿工，后因尘肺病早退的老父亲。这小小的公寓是他们家最值钱的财产。此刻父亲在隔壁已经入睡。他沉重的呼吸声穿过略显凌乱的客厅，抵达乔娜这边。乔娜坐在床前的桌边，她身旁一沓沓书沿墙堆放，像起伏的小山。每个夜晚她与书同床共眠。

乔娜仔细地做着笔记，并进行归类："优惠打折"类、"假日温情"类、"美食吃货"类、"主题派对"类，以及"相亲交友"类……呵，"六人晚餐""提篮上的小红花"。

"提篮上的小红花"，这名字好有画面感。在夜深人静的公寓里，乔娜面对电脑，仿佛看见了许多人手提装饰着小红花的篮子走进了"正在找"。这一想象甚至使寂静的房间里幻化出了喧哗。

窗外的北风在掠动树枝，乔娜心里的意念越来越明确，这些活动的前提是人，得有人来。她推开了笔记本，决定绕开枝枝蔓蔓，直接上位，去找人。那些精英、那些才俊，你们给我统统进来，我们老大、我们的林姑娘要你们！

乔娜印了1000张促销卡，袅袅婷婷地走进了世贸中心大厦。

在她的印象中，这里上市公司云集，互联网企业扎堆，新媒体精英男、技术优质男、上市公司高管男、新智美男……像鱼群一样出没。平时在喷水池广场上，乔娜常看见他们背着包、手拿一杯星巴克，匆匆走进世贸中心的身影。

乔娜走进了世贸中心写字楼餐厅，这是中午时分，她穿着一袭粉色衣裙，自来熟地对那些进餐中的白领男展现笑颜，递上"正在找"卡片，说，楼下楼下，邻居邻居，有空来坐坐……

她走进了世贸中心各个楼层，这是下午时分，她提了一篮子自制曲奇饼干（从开宝公司方艳丽那儿讨来的），挨户串门，说，哎哟，在忙哪，来来来，来点咱家自制的点心，你知道"正在找"吗？没错，就是楼下的"正在找"呀，"正在找"就是正在找你呀……

她袅娜的步态无可阻挡，她娇滴滴的语气令人不忍拒绝，她泰然自若直奔管理层办公室的架势，甚至让公司前台们还以为她是哪个老总的女朋友。

她像一道凌空而至的活泼风景，让技术男、精英男统统傻眼。她灿若桃花，媚眼横飞，说，来哦，"正在找"，不光有好喝的饮品，在那里还能遇上对的人。

对的人？

是啊，她瞅着他们笑，她发现，"遇上对的人"对谁都有吸引力。她还发现，这话的指向类似于"生活在别处"。

他们说，好好好，我们来，我们来，你在哪儿？我们来。

她心里在笑，我在不在那儿可不是重点，要是告诉你们在那儿能遇上的是哪家千金，你们当场都会昏过去。

乔娜在这些男人中穿梭，但她在心里对他们中的绝大多数说"不"，因为他们有的像傻博、有的像传销员、有的像"土圆肥"、有的像企鹅、有的像史努比、有的像小混混、有的像豆芽菜。她想，怎么都是这样的，这也是醉了。

乔娜掂量着一张张脸，心里挑剔感泛滥。因为有安贝这样一道高杠杆横在心中，结果乔娜的脸上也升起了类似女王的神情。

她想，哎哟，连我都看不上，更别说她了，哎哟，高富帅去哪儿了？

我们说过乔娜是一个执着的人，她像扫街的旋风，闯进了CBD区域所有高层次人才可能出没的地方，还跑进了周围高校、银行、海关等机构。

于是在某一天，林安贝突然意识到，来"正在找"咖啡馆的人一下子多起来了，他们多半是来找乔娜的。

是的，他们一进门，目光就在寻找那个嗲女孩。于是乔娜在吧台前忙个不停、笑个不停。安贝看见她在对那些不知从哪儿来的男生说：欢迎，欢迎来到"正在找"。她的身姿在人堆中甜美地扭啊扭，像一支小蜡烛点燃着氛围。这女孩有点人来疯，好像必须将自己置于兴奋的高点，才觉得一切安妥。安贝想，老爸怎么找这么一个人过来当帮手，这是什么意思呢？

乔娜可不知道安贝在想什么，人声鼎沸中她宛若女神，对那些男生一会儿客气，一会颐指气使，一会儿撒娇，还老是打探别人的底牌（比如你的职业、家境、家底、婚否，乃至星座），可见她可没忘了她的使命。

骗人。她对端着盘子过来的鹿星儿嘀咕，那个胖子告诉我他原先是做导弹的，骗人吧。

鹿星儿也被乔娜支使得团团转，递糖浆，拿纯牛奶，然后她要他将桌上的残杯剩盏统统收拾掉、洗掉……

骗人。这一天打烊的时候，乔娜端着一只红色塑料托盘，上面放着整理好了的几刀人民币，走过来给安贝看，嘴里还在说，骗人吧，你信不信来的个个都是CEO、合伙人，一进这门都在吹，不过今天营业额居然过了1万块。

安贝一晚上都坐在最里头靠墙的座位上，给米彻尔夫人写一封邮件，那是她在英国留学时的邻居，一个视若知己的老太太。猫咪胖宝在她的脚边睡觉，而那只铃铛不知躲哪个角落里去了。

1万块？安贝抬起头，看见了乔娜潮红的脸色和托盘里的钱。

安贝笑道，居然过万了，不错不错。

安贝真的觉得这样还不错。虽然这里的氛围有点吵，虽然乔娜的造作风情和那些围着她的客人们让安贝有些莫名其妙，但安贝是明理的，她知道原先设想的优雅毕竟是设想，无论怎样的咖啡馆，刚起步时总是先要有人来才能定调调，所以"正在找"现在这个样子，是正常的，也是不易的，如果仅仅从咖啡馆本身来说。

更何况，安贝发现置身其间会淡忘孤单，他人的热闹是有感染力的，总比晚上一个人守在家里好，更比晚上听老妈唠叨、催促终身大事好。

安贝发现自己其实也是喜欢喧哗的，当耳边东一句西一句飘过那些年轻人的言语，烛光摇曳中，能嗅到日常生活的烟火气息。她像旁观者一样，瞅一眼乔娜和那些人的逗比和夸张，再往电脑上打点文字，心里竟有一种奇怪的安然和荒谬。她在邮件里写下了这样一句话："那些明朗的表象下一定有忧愁和执拗，否则他们为什么在这样的夜晚来这儿扎堆。"

于是她对乔娜点头，对乔娜张罗起来的人气点头。

她把乔娜手里的托盘接过来，向正在擦桌子的鹿星儿晃了晃，喂，你看，不错噢。

鹿星儿飞快地掏出手机，对着她按了张照片。安贝笑道，别秀到朋友圈去，会被当作"败金女"的。

鹿星儿当然不会发到朋友圈去。他悄悄发往的地方只有一个，那就是林毅行老总的手机里。

这也是鹿星儿每一个夜晚在离开"正在找"之后需要做的事。

前些天他发的内容都是："一切平静，没事。"而今天他发的是一张她端着一盘钱的照片，文字是"她今天挺高兴的"。

爱情课

六、大奔和竹笛

她恍悟了他在说什么。她想这男孩虽看着傻纯，但不知是有意还是无意，他居然点出了自己一个致命的错误。

安贝的赞许，让乔娜奋勇向前。

而从林毅行、兰娟娟那边传过来的意见也是肯定的。林总的指示是：继续接地气、了人心、知事理。

于是，谁都能感觉到乔娜喷薄而出的风情和干劲。而这使更多的人跨进了"正在找"，他们一进门就问，乔娜呢？

有一天，当乔娜指使鹿星儿把一个死缠着自己的工程师支开、把一个吃醋了的小老板送出门后，鹿星儿对她嘀咕了一句：女神，你没觉得你是这儿的头号女神哪？

他嘴角在笑，但乔娜刹那间被刺到了。

她恍悟了他在说什么。她想这男孩虽看着傻纯，但不知是有意还是无意，他居然点出了自己一个致命的错误。

但，她在心里对他说，切，你不就冲着自己好看一点，招她喜欢一点吗，但你太小了，没戏。

乔娜知道他说得没错，自己一使劲，那些人竟然来追我乔娜了，这是哪跟哪啊，这不是醉了吗？乔娜，醒醒了，得分清主次，这主的是林姑娘哪。

她对林安贝的抱怨也由此滋生：我用力过猛，是因为你不使劲，我张罗那些男生来造氛围，你却那么被动，就像你养的那只猫一样懒洋洋的不搭理人，那还怎么有"邂逅"的心境呢？你看看别人是怎么找老婆找老公的，都是蛮拼的……

乔娜开着一辆小POLO，去往东区的麦德龙。安贝让她去买一些"希尔斯"牌的猫粮回来。环城大道边的银杏树都已落叶了，乔娜心里的烦闷像天边低矮的云层。她想，那接下来怎么做呢？

乔娜去麦德龙的这一会儿，有个瘦高的男孩走进了"正在找"。他抱着一把玫瑰，在咖啡馆里走了一圈，然后来到餐台前，对正在调制爱尔兰咖啡的安贝说，我找乔娜，可她不在。

她出去办事了。安贝注意到了他手中的玫瑰是象牙色的，说，你等一下她吧。

那男孩说自己要去上课了，不等了。他把花递给安贝说，阿姐，你帮我给她。

象牙色花瓣闪着素雅的光泽。是安贝喜欢的品种。记得有一年在伦敦过生日，米彻尔老太太送的就是这样一把玫瑰。安贝点头，说，好的，帮你转交，你叫什么名字？

男生没回答，而是又递过来一个东西，呵，是一支短笛。

他笑起来，脸颊上有一个酒窝，显得挺纯挺认真的。他说，你把这个给她，她一定知道是我。

然后他一扬略长的头发，走了。

安贝把玫瑰和笛子放在餐台一侧，继续调制爱尔兰咖啡。偶尔她会忍不住瞟一眼象牙色玫瑰和那支玲珑的短笛。它吹出的声音应该是清越的，可能像画眉鸟。安贝这个下午一直在调制爱尔兰咖啡，可惜没调出她中意的味道，酒味有些偏浓，是威士忌的量控制得不太好，上面的奶油没旋转成云朵状，有些耷拉。

安贝把这不成品的爱尔兰咖啡放在餐台一侧。看鹿星儿等会儿有没有兴趣把它喝了。安贝又瞟了一眼那男生的礼物。现在她注意到了短笛上还刻了三个英文单词：I Love You。

安贝想笑，但心里却掠过了一丝怅然，它迅速地蔓延，蔓过刚才那男生认真的神色，然后像风掠过青青的大树，一下子吹到了久远的地带。那种清纯和拙趣，自己已彻底失去了？

她发现自己对那个出门去了的女孩有隐约的嫉妒，是的，这些天来这感觉好像在许多个瞬间蠢动。安贝晃晃头，觉得自己有些笨，这是哪跟哪，与那个没心眼的嗲妞有什么好计较的。

鹿星儿端着一托盘杯子，从壁炉那头走过来，他注意到了餐台上的玫瑰，说，嘿，有人送花呀。

安贝说，给乔娜的。

鹿星儿指着那杯爱尔兰咖啡说，这给我的？上面的奶油真像一坨粑粑。

呵，安贝笑了一声，小毛孩，别挑剔。

鹿星儿拿起杯子就喝。今天他已喝了5杯这样的试验品了，估计晚上会睡不着觉。

他也看到了那支笛子，伸手拿过去，就横在嘴边吹了几个音，说，我小时候在少年宫学过的。

呵，真的是那种清脆、短促的音色。

乔娜今天倒了霉，从麦德龙出来，发现自己停在绿化带拐角地带的小POLO右侧门被人刮擦了。

刚才停车时，乔娜偷了点懒，没往停车场去，心想，这个时间点上，停这儿没事，反正买了东西就走，很快的。

结果现在发现自己失算了，因为这个位置被麦德龙侧墙遮挡，是摄像监控的死角。你压根不知道是谁干的。

乔娜抚着那长长的、凹陷下去的印痕，环顾四周，看不到一个人影。

她骂了一声：奶奶的，溜没影了。

她拉开车门，想往里坐，突然就看见雨刮器下压着一张纸。

乔娜把纸拿过来，上面写着：不好意思，碰到你的车了，我的电话是139×××××338。

乔娜立马打过去，那头是一个男声，听不出年纪，他说：你在原地等着，我马上过来了。

一辆黑色的车停在了乔娜和她的小POLO旁。

一个中等身材的年轻人，从车里出来，方脸，细长的眼睛，对她点头，说，不好意思，不好意思，是我倒车的时候，碰了一下它。

乔娜没好气地看了他和车一眼，吓了一跳。吃惊的不是人，而是车，居然是一辆大奔350。

乔娜的心绪因此而变，那是一丝感动：他，它，居然没有跑，而在等她回来，这大奔不坏呀。

她对那诚实的男子笑了笑，说，是你撞的？这接下来该怎么办呀，我可不懂。

他肤色较黑，笑容略憨，显得有点土气。他说，叫交警来认定责任。

他掏出手机打电话。乔娜绕大奔一圈。哎哟，大奔就是大奔，硬朗着哪，刮擦了别人自身却没一丝伤痕。

这使乔娜对他没溜走的感动继续升温。

交警、保险公司人员接踵而至，一切手续由"诚实男"操办。乔娜倚着小POLO瞅着他，心想，素质不错哦。

等办好这些，乔娜与"诚实男"就已相识。现在她知道他姓孙，并且他给她留了地址。

他说，你修好后，把发票寄我就行。

修车要花很多钱吗？乔娜问。

她可不懂这些，车是开宝公司的。总务部让乔娜使用，是为了"正在找"咖啡馆运营方便。如果刚才他溜走了，修理费处理起来就比较麻烦。乔娜心想，算这人好，算自己人品大爆发，让好人撞上了。

她问孙先生是做什么工作的。

他憨厚地笑道，婚庆，还办了一家网络红娘公司。

哟。她居然跳起来了，说，太棒了！

他脸上掠过了一丝诧异和腼腆，问，你有需要？

不不不。她连忙摆手道，只是看不出来你是做这个的。

他身型微胖，看不出年纪到底是28呢还是38，但眉目间的神情好像还比较年轻。

他问，那做这行的该啥样子呢？

乔娜妩媚一笑，说，做这行的呀，至少是像主持人又像媒婆的人。

媒婆？他笑道，可见你不了解这行，你想，人会相信一个话痨呢，还是相信一个实在人？

乔娜可没时间去琢磨这话里的意思，她想，我怎么不了解，我这两天做的不就是这活吗？

她向后甩了甩头发，让它随风飞扬，她说，其实我与你同行。

她知道他不信，于是赶紧告诉他，自己最近的一项任务是把一位朋友嫁出去，不嫁不行了，所以，这个阶段咱俩算同行。

哦，原来这样啊。他笑着点头，心想这女孩说话噼里啪啦，挺孩子气的。他说，如果有需要，我们可以帮忙。

呵，乔娜心里在笑，你们那里的孤男寡女们怎么帮得了她呢？

虽这么想，但在她转得飞快的脑子里，她知道这"小孙哥"日后也会有些用处。再说他那么好人，得做个朋友。

她说，好啊，好啊，干什么都需要专业精神、专业技巧，我会找你的。

因为遇上好人，乔娜心情转好，拎着一大袋猫粮回到了"正在找"。

鹿星儿接过猫粮，指给她看餐台上的那把玫瑰。

哟，给我的？谁啊，谁送的？

安贝正在调制今天第10杯爱尔兰咖啡，她从餐台上抓起那支短笛，说：喏，这个，送花的说你看见这个就知道是谁送的。

笛子。什么？乔娜接过笛子，摇头说，可是我不知道呀，这是谁呀？

上面刻着字。

I Love You。乔娜大声读出来了。有没搞错呀？送一支笛子给我，叫我吹笛？还I Love You呢。她攥着笛子，哈哈大笑起来。

这两个星期她像旋风扫街，哪记得清自己对谁谁说过什么，谁谁又对自己说过什么。她对安贝说，老大，我可不知道他是从哪儿冒出来的，但我敢肯定我绝对没骗小男生……她边说边笑，突然就有点失控，眼泪都笑出来了，手里的笛子在笑声中显得荒谬无比。

安贝在心里为刚才那男生难过，莫名的嫉意也突然奔涌上来：85后女孩，算你了不起了？年轻一点、风骚一点就可以这么任性？

安贝转身，继续往咖啡杯里裱奶油花。安贝的背影和乔娜的笑声，让鹿星儿觉出了气氛中的一丝对立，他想，也太高调了，就她也有人送花？在安贝面前这么显摆，这不是哪壶不开提哪壶吗？

乔娜笑停当之后，才对这屋里的人说：刚才我的车被人碰了，所以回来晚了。

啊，安贝回头问，人没事吧？

没事没事。乔娜说不仅没事，还撞出了个机缘。

机缘？

因为撞我的是大奔哪。乔娜嘟哝道。她的眉目间总是在装半痴半真的表情，要让人觉得她好玩。

大奔？鹿星儿问。

是啊，大奔。乔娜对鹿星儿扬起眉梢，说，车也就大奔350，但人不错，真的不错。

于是鹿星儿想岔了方向，忍不住笑起来，这妞撞个车也能钓来个有钱人，真是浑身都是意识。乔娜知道他在想什么，就给了他一个坏坏的媚眼。彪悍人生嘛。

安贝把第10杯咖啡倒进了水槽。她看不得乔娜这样子，她想着刚才那男生的笛子，就在心里给这女孩打了个大叉。她想，难怪她绰号"小刀片"。老爸怎么支了这么个人过来？

乔娜可不知道安贝在想什么，她把手里的短笛抛给了鹿星儿，说，你玩去。

爱情课

七、走出"小我"，来一场"六人咖啡"

而她心里最想说的是，我知道你今晚谁都没对上眼，
这些男人怎么配得上你呀，不过，这是情绪开发，这
可是你老爸交代的作业嘛。

乔娜记住了鹿星儿关于"头号女神"的讥讽，所以接下来的几天，她的变化一目了然。

　　她戴上了一副小黑框眼镜，穿上了小西装，把长发束在脑后，像领班一样站在餐台后面，面带克制的微笑，与所有男生说话一律简洁、短促：你好，需要什么吗？好，谢谢。

　　她突然就静下来了。

　　她安静了整整两天。

　　第三天，当鹿星儿从她身边走过时，她对着他的耳朵嘀咕了一句：喂，这下低调了吧。

　　鹿星儿一怔，说，我还以为你受什么刺激了，原来如此啊，蛮好蛮好。

　　乔娜说，还不是受你刺激。

　　他们相视点头，笑了笑。这一笑，又惹动了乔娜的笑神经，她趴在餐台上，听到了自己咯咯的笑声闷闷地传响在台面上。

　　安贝不知他俩在交流什么，她从沙发后转过头，说，星儿，那边的花瓶需要换水了。

乔娜的另一个变化是，暂停了扫街式推广。

她在与小孙哥电话互动，嘴里轻柔地嘀嘀叽叽："你说吃晚餐好呢还是喝咖啡好呢""晚餐能谈得深入""咖啡便捷呀"……

雷得鹿星儿目瞪口呆。钓男人是这么钓的？他竖着耳朵在听她打电话，她的声音千娇百媚，他听着听着，就感觉她搞定了这个大奔男，他想，她来这儿是干什么的？不是说她是林总选定的吗，那她来这儿是干什么的？他侧转头去看抱着胖宝窝在沙发里看书的安贝，心想，她如果有一丁点儿这样的本事，那就天下无事了。呵，不过这世上是配好的，你好命，心里就缺一根弦，你不好命，就多一分心机。

他想，也可能一个女孩得给另一个上上课。

正这么想，就看见安贝也回头看了一眼打电话的乔娜，眼睛里的讥意一晃而过。

后来安贝在给胖宝、铃铛喂食时，对鹿星儿说，我怀疑这铃铛是不是好人家的？好像没被教规矩，猫和人是一样的，从小没教好就很麻烦，有的人那么直接、妖媚，小心被她带坏了。

从一开始乔娜就知道安贝不喜欢自己，这是难免的，林毅行老总提醒过这点，因为自己是他派来的。

既然难免，就不去想，该想的事都得是有用的。比如乔娜现在所有的心思都放在策划"六人咖啡"活动上。林总不是希望搞一些社交活动嘛。

这些天，乔娜与小孙哥探讨了活动理念，确定将"六人晚餐"改良成"六人咖啡"，并增加了自己的创意——"摇铃换位"环节。

然后乔娜去向安贝汇报。她说，安贝姐，我想在咖啡馆办一场"六人咖啡"，一改以前主次不分的问题，主次不分是我的问题，我用力过猛，"小我"成分较多，现在得做"大我"，让每个进入"正在找"的人都成为中心，我只管做好服务，这样青年才俊们才会有家园感……

安贝没仔细听她在说啥，因为安贝注意到那两只猫咪今天挨在一起在窗边晒太阳。她想，它们有戏了？

其实，安贝现在对咖啡馆并无太多期待。什么事都是想着的时候好玩，真办起来也是挺烦心的，尤其是这么个爱折腾的辣妹老在眼前晃着。

安贝想，什么主次、中心、大我、小我，在我面前装学生腔哪。

安贝原本想让乔娜算了，但乔娜眼睛里的期盼让她心软了一下，哎，要不随她去搞吧，看样子她做经营还行，至少还算执着。

安贝说，好，你去做吧。

而安贝心里在想，早知道这样，这"间隔年"还不如一个人出去玩。当然，如果一个人出去玩，也可能还是心事重重，这一点她明白。

乔娜围绕"六人咖啡"谋篇布局。她与小孙哥谈定了活动时间、报名方式，报名费中咖啡、餐点所占的比例，以及参加者的年龄、层次等。

尤其是她反复交代：小孙哥，办这个活动，对我而言，主要是为我朋友。我这朋友比较内向，需要激活，你得关照，谢谢啦！

小孙哥在电话那头说，应该谢谢你们才对，场地是你们提供的，你有什么需要尽管提。

需要？乔娜对着电话那头笑道，小孙哥啊，我这人重颜重钱，而我那朋友呢，眼光比我更奇绝，又不主动，所以对相貌、收入什么的，请你帮我从报名者中严加把关，如果你们有针对性地组织一些优质资源，那就更好了。

小孙哥笑道，好好好好，一定高层次。

她说，谢谢，谢谢，还有一点，小孙哥，本次活动男士人数能否多一些？

他傻眼了，这恐怕不行吧，"六人咖啡"总得有男有女，否则那些落单男生怎么办？

乔娜明白了，笑道，也是。

第二天，乔娜跑到了小孙哥的追梦婚庆公司，把报名者的照片看了一遍又一遍。小孙哥发现这女孩除了挑男生，还挑女生，并且有点胡搅蛮缠。她说，他们真的是研究生、海归吗？她说，啊哟，也看不出她们到底是好看还是不好看，这照片PS成这样了，不要不要不要。

她任性成这样，让小孙哥眼珠子都快跌落了，因为他意识到她是在担心别的女宾会对她那位朋友构成冲击。

他说，你真够义气的，看得我都感动了。

乔娜又来向安贝报告：活动筹备妥了，本周六盛大举行。"六人咖啡"是根据咖啡馆场地特点，对时下流行的"六人晚餐"进行的改良，添加"摇铃换位"环节，是为了追求流动、快速、多人次的遇见效果。

安贝说，好吧，你们做吧，我周六晚上去朋友家聊聊天。

哟，乔娜尖叫了一声，你怎么可以不在呢，就是想让你一起玩的。

安贝脸红了，说，我不玩这种把戏。

乔娜拉住安贝的手，说，你不在，那还做这个干吗？

她发现自己急不择言了，赶紧弥补：你不在，我会怯场的。

安贝知道她心里在想什么，脸红了，犹豫了一下，还是直言了：我爸对你说过的那事，你别当真，哪有这么搞的，我一句敷衍话，他当真了，哪有这么帮办的，我这人信机缘，不喜欢刻意。

乔娜嘟哝，既然这样，那你也不必当真，其实我张罗这个也没当真。（乔娜心想，确实是别当真，那些男人怎么可能配得上你，只是你老爸说了，让你接接地气，培育点谈情说爱的心思。这也是他的要求呀。）老大，就玩玩呗，跟我们一起玩玩，挺好玩的一个派对，即使自己不玩，看看别人怎么泡妞追男也是挺逗的。老大，咱得放开，放开就不是个事儿了，"遇见对的人"得先创造想遇见的心情，书上也这么说……咱们这活动，老大你不在，我还怎么做呢？林总也不会算我的业绩呀！

乔娜语无伦次，都快急哭了。

周六晚，"正在找"咖啡馆人头攒动。

乔娜站在餐台边，手里拿着一个铜铃，"叮叮咚咚"地晃了晃，她对满屋子的人说：每桌六人，落座后，请抓紧交流，听到我的铃声后，每桌最左边的两位按顺时针方向，与前面的一桌交换位子，像波浪一样推进。

乔娜说，摇铃的间隔是十分钟，也就是说，你在这十分钟里得向同桌的另外五位尽快释放魅力，而不能只做个安静的美男子和美女。

乔娜穿着西装，盘着发，像女教师一样威严。她扫视全场，看见安贝坐在最里头的一桌左侧，安贝的对面坐着鹿星儿，与他们同桌的是另外四位陌生男女。安贝化了淡妆，神情拘谨，这可是她很少有的表情。鹿星儿有点呆萌，他是被乔娜拉来陪安贝的。乔娜对鹿星儿装模作样，把这事说得稀松无比：女宾男宾都缺了一个，老大奉献一把，亲自补数，星儿你呢，也充个数吧。

乔娜在向安贝点头，安贝也向她点头，于是乔娜摇铃。

一时间，欢声笑语，所有的人都在找呀找。

好贴题。乔娜对站在身边的小孙哥说，好贴题哪，我们这儿就叫"正在找"。

小孙哥今天穿了一套深色西装，他呵呵地笑，说，你的朋友是哪位啊？

乔娜胡乱地一指，喏。

安贝像坐在旋转的洪水中，那么多年轻的脸在面前转，开始她有些发愣，不知该对同桌的那几位说什么。她谎称自己是公务员。然后她就不知该说什么了，也没太多兴致对他们说。安贝被那只铃的节奏带动着，一桌桌地换位子，慢慢地，她就适应了。她看见那些男女都在兴奋地说着话，像幼儿园小朋友一样在找朋友。她听见一个男生说，我会用十种方言说"我爱你"，宁波话、上海话、苏州话……他就开说。安贝跟着别人一起笑。坐在对面的鹿星儿一直陪着她，当有些男宾抛来令她不知如何回答的问题时，他笨手笨脚地帮她解围。于是在晃动的一张张人脸中，她感觉好歹有些熟悉的东西，心里就稳下来，开始观察那些女生，她发现她们都很顽强，一张张不怎么好看的脸庞下隐约透露着一句话"我想要有一个家"。这使她有些感动。是啊，别人也在生活，怎么样的人都要过日子。乔娜手举摇铃，在指东点西地调度全场。安贝突然觉得自己这咖啡馆为他们操办这个活动挺动人的。呵，有几位女生在向鹿星儿发起进攻。这是理所当然的。鹿星儿脸都红了，看着他的窘样子，安贝凑近他的耳边逗道：哎，那边那个女孩不错，和你蛮配的。

这时乔娜的摇铃响了，安贝拉起鹿星儿奔向前一桌，她咯咯笑，说，星儿，你赶紧下手吧。

这是欢乐的一晚。当孤单者们联合起来，彼此就Happy一些，尤其窗外已临近冬天。到后来安贝甚至有点舍不得让这暖烘烘的场子散了，她环视"正在找"，发现它真的有了一点家园感了。虽然那一张张脸今晚从这门里出去后，可能还是孤单的一张张脸，但此刻，结结实实地宛若一家子，相互取暖、同病相怜的一大家子。乔娜在那边向自己眨眼睛，她想说啥，这妞今晚像个劳碌的教练。安贝想起乔娜念叨过的"大我""小我"，呵，这"大我"是更有价值一些。

这是逗趣的一晚。待客人散尽，待小孙哥和他的团队撤离，"正在找"咖啡馆打了烊之后，安贝、乔娜、鹿星儿三个人乐成了一团。

鹿星儿对乔娜说，小孙哥原来是这样子的，暖男暖男，我感觉他没结婚，盯牢。安贝笑话鹿星儿今天命犯桃花，被人追晕了吧。鹿星儿笑话安贝自称公务员刚下班赶过来，你知道吗，今天是星期六，不上班……

乔娜揿着计算器，向安贝汇报：今天的收入与追梦公司平分，我们约赚2万块。

安贝知道她一直在等着夸奖，就说，不错不错，这是善事，哪怕不赚钱，也蛮有意思的，乔娜干得不错！

乔娜就有些得意，说，按互联网思维，这就是平台建设。

安贝说，没错，挺好玩的。

猫咪胖宝今晚一直躲在壁炉边打量这屋里的热闹，现在它过来依偎在安贝的脚边。安贝抱起它，今晚一直冷落了它，现在抱一会儿吧。她看见鹿星儿又在用手机给自己拍照片了，就笑着把猫咪举起来，让他拍个特写。她说，把照片发我微信，今天这儿搞得好热闹，猫咪可能看傻了，呵，胖宝，这么多人，好有趣对不对？

如果此刻鹿星儿不在面前，乔娜一定会接上安贝的话茬，问她：嘿，老大，没什么大不了吧？

而她心里最想说的是，我知道你今晚谁都没对上眼，这些男人怎么配得上你呀，不过，这是情绪开发，这可是你老爸交代的作业嘛。

鹿星儿背上了双肩包，准备回家。乔娜对他说，等等我，今天我的车在修，得劳驾你用自行车把我带到地铁站。

乔娜坐在鹿星儿自行车后座上，穿过小广场。

安贝走向车库，看见他俩的身影消失在世贸中心拐角，突然感觉他俩挺配的。是的，当他俩站在一起时，真的是挺登对的，青春帅靓，最好的年华。

安贝裹紧了风衣，走向自己的车。身后的"正在找"咖啡馆沉浸于阴影中，而在半个钟头前它灯火辉煌，那番热闹让心里依然暖暖的。

爱情课

八、"提篮上的小红花"

她说，接下来咱们得玩个法式浪漫了。"提篮上的小红花"，也就是男宾女宾提着小篮走进咖啡馆，每只篮子里有一朵小红花，如果你中意谁，就把你的花放进他（她）的篮子里……

事后鹿星儿怀疑乔娜不是读过心理学，就是恋爱成精，阅男无数。

　　要不然，她哪来这样的行事逻辑：从"小我"到"大我"，从扫街到打造平台，从让安贝旁观到拉她介入，这不就是一个开发爱情的产品经理吗？

　　他都快要佩服她了，这个妖气女孩。

　　而鹿星儿自己，对爱情则并无太多经验，读大学时曾与班上一女生谈过，但那只是校园情侣的结伴模式，谈不上真正的投入和强烈，毕业后女同学去了北京，恋爱也就无疾而终。

　　虽然爱情经验尚浅，但他认为自己看得明白：安贝的问题是心灰意冷，所以干脆什么也不想做了。从原理上看，乔娜章法十足，步骤清晰，林总果真派了个高手过来。虽然她妖里妖气，但到底有她的功力。

　　现在鹿星儿看懂了这个，但装作不知底细，因为她俩不知道他也是林总派来的。

　　所以有时候见她俩因为他在场，而绕着"那个主题"别扭地说话，他就觉得好笑。

他想，女生和男生肯定是不同的，她们中的多数人宁愿在家里耗着，也不会主动出击，像乔娜这样生猛的毕竟少数。

在安贝身边的这些时日，他多少感知到了剩女的麻烦。

乔娜在成功张罗了"六人咖啡"后，马不停蹄。

她说，接下来咱们得玩个法式浪漫了。"提篮上的小红花"，也就是男宾女宾提着小篮走进咖啡馆，每只篮子里有一朵小红花，如果你中意谁，就把你的花放进他（她）的篮子里……

安贝、鹿星儿问：这是不是像丢手绢？

乔娜卖关子，眨了眨眼，笑道，你们玩了就知道。

乔娜再次向追梦婚庆公司小孙哥求援。

小孙哥可没听说过什么"提篮上的小红花"，但他敢肯定这女孩是个婚嫁事业的奇才。他说，嘿，你这么有想法，干脆到我这儿来干吧。

乔娜咯咯笑，挖人呀，那也得把我这朋友嫁出去再说。

小孙哥答应鼎力相助。所以乔娜直言不讳了。她恳请小孙哥这次事先悄悄向男宾力荐某些重点人选，比如坐在第几号桌的某某，呵，就是我的那位朋友呀……

小孙哥说，我知道我知道。

她说，你不知道，小孙哥啊，对我朋友而言，这次活动，有没有合适的人选不是重点，重点是她需要被激活，需要红花，需要萌动，需要被追，需要加油……

小孙哥说，懂了懂了懂了。

她心想他一定不懂，但不妨碍他往这个方向去安排。

小孙哥发现自己喜欢电话那头的乔娜，这女孩虽嗲兮兮，但其实有男孩子般的英武气。他喜欢她的直接、爽利，包括让人一惊一乍的撒娇。

他答应，我保证组织好，让人把花往她篮里放，给她一个鼓励。

她说，好心肠的小哥，哪天请你吃饭。

天下的事不可能都在想象之中。"六人咖啡"的初试成功，不意味着"提篮上的小红花"就不会跌进坑里。

虽然安贝、鹿星儿像上次一样，被乔娜以"充数"的虚假名义拉进了活动，然而当无数男宾（也不知他们是打哪儿来的）在这个下午不约而同将红花放进了第十号桌的篮子里时，安贝都快哭了。因为这是她的篮子，她意识到了这其中的刻意。

这也太明显了，安贝脸涨得通红。她甚至还注意到了小孙哥脸上的怜悯。

乔娜也开始乱了，因为这显得假了。这假，在现场是那么明显，有几位女宾嘟着嘴提前走了。

乔娜把小孙哥拉到了一边，问，这也太过了，他们是哪来的？

小孙哥注意到了她脸上的懊恼，说，我组织的呀！

乔娜看着他的憨脸，脑子短路。

小孙哥神情无辜地说，你不是说这比如心理激励吗？

乔娜都快哭了，她说，我可没这样说，你把我朋友当成呆瓜了。

乔娜回头去看安贝，她正别扭着脸坐在一篮红花前。

那堆得高高的红花像个笑话。

乔娜发现，这活动在逻辑上犯了两个致命的错误。第一，她让安贝傻不拉叽地坐到了前台，而不是像上回"六人咖啡"可以混在人群中。第二，更主要的是，目的性太过明显，这使目的都显出了荒谬。而那些男的，放下花后就束手无措地相互瞅着。天哪，傻翻了。

活动草草收场。安贝沉着脸，拎起包，说先回家了。

她拉开门，走出了咖啡馆，一路疾行。

乔娜追到了车库，说，老大，别生气，我觉得其实没什么，就是个游戏。

安贝泪水夺眶而出，说，游戏？这是对我的羞辱。我有那么可怜吗，需要你们来哄？需要别人来可怜吗？我难道这么想要别人送花给我吗？我受不了了。

乔娜说，对不起对不起，这个活动构思的时候，效果可不是这样，我没想到会这样。

安贝拼命往前走，说，我受不了了，好好的咖啡馆被你们弄成婚介所了。你们不庸俗吗？我不要了，我受不了了，真的受不了了，你回我爸那儿去吧。

乔娜拉住安贝的手臂，泪水纵横，说，别让我回去，老大，别不要我，我回去就没工作了，老大，相信我是好心，只是我搞砸了。

安贝往前走，现在她急着想离开。这真狗血。

乔娜跟在她的后面，车库里此刻没有别人，只有这两个哭哭啼啼的女生像风一样往前走。

乔娜悲哀地嘟哝，老大，别赶我走，自从来你这儿后，我脑子里除了你的事，就没别的事了。我知道你不喜欢我，但我得有工作，老大，别让我回去，我会努力的……

安贝甩开了她的手，拉开车门，往里坐。她踩下油门，车开向出口，留下乔娜捂着脸呜咽。

十分钟后，乔娜听到了手机的鸣叫。接听，是兰娟娟的声音。她让乔娜赶紧回一趟公司。

乔娜擦掉泪水，开着小POLO往公司去。

因为心绪纷乱，她差点闯了红灯。她想，就安贝的冲脾气，她一定向他老爸告状了，他们是要我走了吧。

乔娜惴惴不安，跟着兰娟娟走向林总的办公室。走廊里有一盏壁灯在扑闪，就像乔娜明灭的心情。

林总见她们进来，就问，今天安贝怎么了？

乔娜说，是我不当心，把她惹哭了。

是怎么回事？你们不是在搞活动吗，不顺吗？

乔娜将前因后果跟他讲，讲着讲着就乱了，唉，这女生的纠结事跟这么大的老总讲，好像怎么也讲不清。她想，不知安贝是怎么对他说的？

林总听罢，舒展了眉头，手指轻轻点了点桌子，说，原来是这样啊，这也没什么，这么点小感受，她哭什么？

乔娜嘟哝，是我又用力过猛了，她告诉你了吧？

林总摇头，没呢。

然后他说，我看这个活动没什么不好，大家把花给她那是客气，其实，哪怕是情感受挫练习也得练啊，这算个啥事呀，我还以为发生什么了。

林总认为这个"提篮上的小红花"挺好的，他让乔娜继续好好干。这让乔娜如坠云雾里。她想，安贝没告状，那他是怎么知道的？不可能吧。

林总的脸上突然有了笑意，他说，别急，我可没指望你们自己能结识到什么合适的男生，我这儿倒有几个，到时候，我会让他们一个个过来的，你接应好。

乔娜不解地看着他。

他对乔娜和兰娟娟说，我之前没急着让他们过来，是想让她先接接地气，只有当她阅人多多，才不会再在空中飘了，就会现实了。

乔娜心想，哗，原来他准备了一把牌。

是的，他是准备了一把牌。

这么个倔女儿，不先由她任性一下，他又能怎么办？好吧，那就让她自己先去见识见识这现实里的男生大多是怎样一个水平，让她去看看大多数人找对象可不可能永远任性。他相信当她"阅男无数"后，人就会务实起来，然后就知晓了什么人选靠谱。关于选择对象嘛，总是大人见识得多，爹妈挑的总是好的，因为只有爹妈才最怕女儿吃亏。

林总对乔娜说，我会让他们一个个过来的，你做好接应，让安贝感觉自然，自然了就会有感觉。

他的笑容里带着点孩子气。

乔娜又惊讶又感动，真是可怜天下父母心啊！

她开着小POLO，回世贸中心去，开着开着，突然就看见已过世的母亲的面容浮在了车窗外，母亲在这下午三点钟灰蒙蒙的半空中向自己投来了一瞥。乔娜发现自己眼睛里有泪水。母亲在去世前，最不放心的就是父女俩日后的生活。母亲临终前呢喃：娜娜，你是家里的顶梁柱了，娜娜一定要找个好男人，只是妈妈看不到了……

太阳已偏西，马路上的车在迅速地多起来，晚高峰即将到来。乔娜打开车窗，让风吹干眼睛。她知道是林总对女儿的心思触动了自己。

每一个咬牙往前的日子，必须埋葬愁绪。自己很久不这样了，今天怎么了？竟连哭了两场。

乔娜回到咖啡馆，见店里没有客人，只有鹿星儿依着餐台在吹那支短笛。两只笨猫居然坐在桌子上，左边一只，右边一只，遥相对应。

乔娜把猫赶下了桌。

鹿星儿见她回来了，就放下笛子，去收拾刚才"提篮上的小红花"活动留下的残局。

乔娜此刻可没心思抱怨他懒。她对他说，你打扫，我理一下今天的账单。

于是她趴在餐台上，开始揿计算器。算着算着，那些数字就跳来跳去，她知道自己的情绪还没走出来，今天怎么了？她抬起头，瞥见那支可笑的短笛就搁在台面上。I Love You。夕阳落在窗框上。她知道心里因为想念母亲而在自艾自怨，自己没解决男朋友的事，倒是整天在操心那个大小姐，妈妈，说真的，我自己也不知该和谁对上眼。

她瞅着窗框上的那缕阳光，有些走神。这几年不是没有喜欢过的男人，也不是没有喜欢自己的男人，但搁在一个杠杆上，妥妥的，就没有一个。不只是她挑他们，他们也在挑。于她，她挑剔他们无法给自己和那个工人新村的家带来改变；而于他们，她的家境让条件好一点的他们最终选择避闪。这年头，凡是要人承担的都令人劳心和犹豫。所以，她也一直剩着。当然喽，如果她只是想玩玩，或者只是暧昧一下，有的是男人凑上来，尤其是那些大叔，有个家伙前天在咖啡馆甚至问她"多少钱"。包养吗？呸！别看她风骚入骨，那只是她虚张声势，招惹人关注，自我加油而已。

鹿星儿一边擦桌子，一边在悄悄打量乔娜。

她这样的落寞神情是罕见的。

他知道她刚才去了开宝公司，林总要询问安贝的委屈。

林总要开掉她了吗？她算完今天的账，明天就不来了吗？

这辣妹平日里总是咿咿呀呀，妖媚夸张，而现在当她安静着，这屋里气氛就很不一样了，因为有一丝丝的忧愁。

他觉得了歉疚。他想，我不该把安贝哭泣的照片发过去。

他泡了一杯奶茶，放在乔娜面前，乔娜吓了一跳，嘴歪了歪，笑道，别安慰我，如果对我好，刚才你应该把安贝拦住。

爱情课

九、老爸的第一张牌

他好像有意无意在聊天的过程中，总是想让自己处于她的高处。他越这样，双方的言语方式就越直愣，越陷入争锋。

安贝在第二天下午，推开了"正在找"的门，她实在不放心猫咪胖宝和铃铛，就回来了。

　　她向正在餐台前忙着的乔娜点了点头，然后问鹿星儿，胖宝呢？

　　胖宝早已从窗台上跳下来了，向她的脚边依偎过来。她抱起胖宝，视线在寻找铃铛。她问，铃铛呢？

　　鹿星儿指着壁炉方向，说，那凶妞在睡觉呢。

　　哟，安贝叫了一声，指着胖宝的耳朵问，怎么伤了？

　　鹿星儿说，被铃铛咬的，这凶妞还是不愿让胖宝靠近，昨天胖宝一靠近它，就被它咬了一口。

　　安贝瞅着胖宝的憨脸，心疼得眼泪都流下来了。她说，你怎么不看牢点。

　　乔娜觍着脸走过来，她不知安贝心里还怪不怪她，她说，我看这个铃铛可能跟我们胖宝没缘。

　　安贝抬头看了眼乔娜，对鹿星儿说，是的，没缘的事没法刻意，过两天星儿你把铃铛抱还人家吧。

　　安贝抱着胖宝往里间走。

她走了几步回头对乔娜说，这两天店里的事情你多张罗点，我有一个地产项目书得帮我爸做掉。

乔娜连连点头，心想，还好，她脾气过去了。

是的，安贝这两天都在消化情绪。

她想，乔娜虽然拿着老爸的鸡毛当令箭，咋咋呼呼的样子让人受不了，但她毕竟为店里张罗得屁颠屁颠的，现在咖啡馆经营得不错，尤其下午和晚上人气较旺，她也不容易了。

这么想着，眼前就浮现了乔娜对着自己泪流满面的脸。安贝就决定不与她计较，离她远一点，对，离她远一点，离老爸要她帮办的、那可笑的"遇见对的人"远一点，让她在前台搞好店里的经营就行了。

连着两周，安贝都窝在咖啡馆的里间，看她的书和碟，在电脑上码她的字。乔娜与鹿星儿在餐台前忙碌。

乔娜对鹿星儿说，我们可能还需要招一些打工的大学生，否则忙不过来。

当乔娜暂停了举办活动，"正在找"咖啡馆就开始趋向安静的商务气质。这里是CBD区域，每到下午从写字楼里出来的白领们，越来越习惯来"正在找"谈事了。

而乔娜也收敛起了她的妖媚，因为这妖媚企图激活的那个人近来习惯于窝在咖啡馆里间，陷于她自己的世界。

于是，现在咖啡馆在一片暖暖的芳香中回到了它该有的安静调性。

只是鹿星儿在这调性中发现了淡淡的忧愁和焦虑，它从乔娜的眉宇间偶尔掠过，它也从安贝置身的里间门口弥散出来，有时它也像轻雾飘浮在这两个女生偶尔的对话里。那是略有心事的调调，它在这咖啡的气息中流动，有时一凝视，它是那么显眼。这使鹿星儿的心里也沾上了不安。这些剩女，如今让他觉得了难缠和难办，心里也有了渐起的同情。

他把猫粮放进两只食盆里，把一只盆子放到铃铛面前，对它说，吃吧，吃好赶紧去找男朋友，现在不找，以后去哪儿找？

他把另一只盆子端进了里间，胖宝在地板上玩皮球，鹿星儿对正在看碟的安贝说，胖宝老单独待着，那怎么跟铃铛亲起来？

安贝笑道，还不是你那铃铛太野蛮。

有一个穿着短风衣、相貌英俊的年轻人走进了"正在找"，要了一杯拿铁，然后说，我找林安贝。

乔娜一边泡制咖啡，一边问，你跟她联系过吗？

年轻人把头伸过来，略微上翘的眼风，轻声笑道，你是乔娜吧，林叔叔让我过来，跟她谈谈。

乔娜心里一动。呵，来了？

她赶紧去里间告诉安贝，有人找。

这是一个圆脸的男生，头发乌黑，圆溜溜的眼睛里阳光明媚，米色风衣，散开的腰带，有点青年时代周润发的感觉。

安贝心想，不认识。

年轻人笑道，我是何可，听朋友说您对教育产业有兴趣，所以我过来找你聊聊。

安贝让他坐。他拿出一堆资料，告诉她自己听说她有意将教育项目引入开宝的远郊楼盘，而自己手头有教育资源和人脉。

他说，比如幼儿艺术教育、学生课业培训、英语培训等，都能给楼盘增加文化附加值，对购房者有吸引力。

安贝注意到了他圆圆脸庞上隐含的骄傲，这使他的表情有点孩子气，她就笑道，是啊，是啊，我也是这样想的，那么想问问，您的资源主要是哪一块？

现在他的脸上闪过了豪情，他说，全部。

哦，全部？

他咧嘴笑，就露了底牌，自己是副省长的儿子，只要想做，这方面的资源基本上都可以用。

他的眼睛里流动光彩，脸神有些天真，他对她眨了眨眼睛，说，呵，你懂的。

安贝说，我还真的不懂，你具体有哪些教育的切入点，最适合我们联手？

你可以提需要啊。他将身体往后仰，嘴巴笑成了一个大大的弧形。

她轻轻摇头，说，我想听听您的具体项目点，因为据我所知，教育虽然空间广阔，但做这个行业需要口碑，是那种口口相传的口碑，这不是一年两年可以实现的。所以如果我们要联手，那么就得有个着力点，比如某一特色项目。

他甩了甩额前的头发，她说话的直接让他不适。他说，口碑是可以炒的，我在媒体方面有自己的关系，我舅舅是报业集团的老总。

安贝感觉到了他的浮泛，丝丝缕缕的神气好像正从他的头发里冒出来。她用手指弹了一下面前的水杯，发出了"叮"的一声，她说，媒体只爱讲故事，而教育的成效往往需要三五年的积淀，需要学生实打实的成绩说话，所以没有好的切入点，开张容易，后面难续。

在他们说话这会儿，乔娜一直在餐台后打量这个叫何可的青年。他的面容介乎于男孩与男人之间，混杂着高傲和单纯。乔娜心想，"官二代""富二代"，道理上的绝配，林总手里还真有好牌。

乔娜继续观察，结果发现这对牌有点乱，因为这何可有点奇葩。

他好像有意无意在聊天的过程中，总是想让自己处于她的高处。他越这样，双方的言语方式就越直愣，越陷入争锋。

怎么说呢，从掠过乔娜耳畔的他俩的只言片语，就可以感觉到他俩相互提问的较劲气场。呵，他们就像那两只猫咪胖宝和铃铛，不搭调，因为这"官二代"自我感觉太好，这使安贝的自我感觉也急速往上飚，有没有搞错啊？

乔娜给他们端了一小碟水果过去，想让他们慢慢聊。她听见"小周润发"正抖着眉梢在透底是他老爸批给了她老爸那块地。言语轻描淡写，但质地里是得意。

他的牛劲儿让安贝不爽。她说，我们的楼盘是精品化运作，不会只考虑人脉就做项目，人脉是最不可靠的。

他别扭了，因为她犀利地点了他的破绽。他就说，我从来没讲过我只靠人脉，我们的能力是让别人信我们的能力，让投资者有信心。

她说，我们不缺现金，我们缺的是好的Idea，以及实打实的干事意志，做教育比做地产更难。

他盯了她一眼。她的脸上仿佛有利落的风在吹过。

他掏出打火机，潇洒地一抖手，像周润发一样有范儿地点了一支烟。

她让他别抽烟。她说，这里不能抽烟。

他看了她一眼，就撺灭了烟头。他站起来，说，好，我会让我爸给你爸打个电话，让他们定吧。

他说了声"再见"，往门外走，走过餐台时他向乔娜眨了一下眼睛，嘟哝，我感觉她是刘胡兰。

他才是奇葩呢。安贝说，我就奇怪了，难道他是这样跟别人谈生意的？

乔娜说，那是因为他有个好爸爸。

安贝说，切，他是来比爸爸的？

安贝说得太准确了，乔娜就遏制不住咯咯地笑了，安贝瞅了她一眼，说，有这么好笑吗？

这世上的女生都有代入感，事后乔娜想，如果这帅哥相的是我，瞅着他那奇葩的冲劲儿，我也得说"不"了。虽然他有个好爹，但如果我不能升华成他精神上的妈，就必定沦为他的奴隶。他那得意脸色将成为他老婆的乌云，这日子不过也罢。他老爸的确是个宝，但又不是跟他爸过。不过，不过，不过。乔娜这么想着，那乌云就仿佛从他先前坐过的椅子上移过来。她赶紧摇晃头。

爱情课

十、老爸的第二张牌

当然，他燃的可不一定是爱情，而是他自己蜂拥的各种念头，以及他对别人的感染力。他把自己感染晕了就感觉自己在爱了？乔娜想，他可能做过传销吧？他是第二个马云吗？但马云也得找老婆呀！

一周后，又有一个男子进来找安贝。

他戴着眼镜，穿着休闲外套，长脸形，目光有神。安贝正好去世贸中心的"樱花发艺"做头去了。

乔娜问，你约过她吗？

他对乔娜眨眨眼，说，没哪，我知道你是乔娜，林总让我过来，跟她谈谈的。

哟。这样呀。乔娜知道了他是牌。

她给他泡了杯拿铁，让他在咖啡馆等，结果乔娜发现他是个自恋的话痨。

因为在安贝回来之前，他已经和这里的人打成了一片。

于是，不用乔娜摸底，就掌握了他的底细。因为他自己将他的履历告诉了这咖啡馆里所有在场的人，包括乔娜、鹿星儿，一对情侣、一双谈事的白领、一个发呆的学生。

他说，网商风云人物牛大奇是我哥。

哦，还真像，都外形儒雅，长脸，高鼻。

但说着说着，众人就发现不像的地方是：他更有昂扬的激情。

那激情通过他滔滔不绝的嘴，在这屋里燃起了一片关于创业的伟大愿景。

他笑道，我和我哥当然不一样喽，你们叫我牛二哥好了，我做的是文化创意产业，具体来说就是新媒体，再具体说就是视频板块，再具体说，就是眼下最热的网剧。你们知道吗，有多少热钱涌进这块领域，我上月得到了5000万美元的风险投资。

他环视咖啡馆，说，这里不错哟，要不咱哪天在这儿拍一个实景网剧。你们看，那墙、那窗帘、那留言条，包括那只猫包括你们，多么有意思，这是都市轻喜剧发生的绝好场地，轻喜剧，一定得轻喜剧。

他在咖啡馆里走来走去，事实上他从进这个门以后，就一直没坐下来过。他突然看着乔娜，说，俏丽，很俏丽，我们要拍的是那种玩疯的节目，像《有点没想到》。等会儿，安贝回来，咱们跟她好好聊聊合作。

他正谈得High，安贝进来了。他看了她一眼，笑起来，哟，主角应该是她，对的，是她。

安贝不解地看着这个瘦高男士。

乔娜为他捏了一把汗。虽然觉得他挺逗的，但他太像戏里的人物。

他对安贝点头，说，幸会幸会，我是做新媒体的，上半年从英国回来，听朋友说起你的咖啡馆有风格，就过来看看……

然后他把刚才对众人说的话对安贝复述了一遍，他嗒嗒地说着，把人都要说疯了，因为他第二遍说时，仿佛在给所有的人打鸡血，不，不是打，那剂量太小，是扑，一大脸盆当头直扑下来。

乔娜心里已捏不出汗了，彻底枯完。我的妈啊，他是来相亲的，还是来创业煽情的？当然，这本质上也不对立，谈人生谈理想，也是一种攻略，但他噼里啪啦，都分不清自己在对谁说了。他的自恋一目了然。他说话时，仿佛空间里没了别人。他舞动双手，有青年时代毛泽东或者马云的状态。

安贝看着他觉得好奇怪。

她一点都没被煽动起来，因为她都来不及听明白，更来不及介入，他一直在倾倒，他的Idea如汪洋大海，非得把人淹没。

安贝就去看酒柜玻璃门上映出的自己的头影，她想，两侧的头发是不是削得太薄了？刚才发艺师说，从侧影看，有点像孙俪。呵，还真的有点像。

在乔娜走神的这一会儿，牛二哥意识到了焦点所该聚集的个体，于是他把目光和言语朝向了安贝。因为他感觉她马上要走开去了。他说，咱俩新媒体与地产、服务业联姻，一起干吧，这是朝阳产业。

乔娜心想，原来他是来拉赞助的。

安贝睁了一下眼睛，说，联姻？你怎么知道我有兴趣联姻，这离我太远了，你知道我是谁，想干什么呀？

他说，我当然知道。然后他夸她看上去好知性，像希拉里，所以一进门就感觉是女一号。

安贝说，希拉里？OMG。

她往自己的里间走。她说，我哪有做视频网剧的本事。

他说，有，我绝对信你有，什么事你必须相信，相信你，相信我，相信联手，相信咱们能做成精神领域的阿里巴巴。

咖啡馆里的好几个客人是在他的滔滔不绝中悄悄撤离的。安贝向乔娜眨眼，但乔娜吃不消赶他。于是他跟进了安贝的里间，继续谈他的理念。

他又谈了一个钟头。他走的时候，从包里掏出一个塑料片，放在安贝的桌上，说，玩玩，玩玩，我下次会再来的。

那是一张奇怪的名片，灰色，厚实，边侧藏着小刀、指甲锉、薄剪、小针，就像他本人，神秘，夸张，玄虚。

安贝瞅了一眼名字："蓝晶新传媒文化公司牛威"。

她感觉好像在哪个场合听人说过这家公司和这个人的名字。在哪里呢？想不起来了。

安贝对牛二哥的态度是一目了然的，而乔娜心里也同样Pass了他。

在随后的一周里，牛二哥又来过几次。乔娜在这一点上还是佩服他的：面对安贝隐约的皱眉，他居然谈性不减，像一把奇怪的火，没给火苗都能自燃。

当然，他燃的可不一定是爱情，而是他自己蜂拥的各种念头，以及他对别人的感染力。他把自己感染晕了就感觉自己在爱了？乔娜想，他可能做过传销吧？他是第二个马云吗？但马云也得找老婆呀！

同样，以乔娜不可避免的代入感，如若这牛二哥像大神一样地横在自己面前，自己会中意他吗？乔娜在心里说了一声：Pass。因为至少他目前阶段爱的是他自己的Idea，以及他向别人兴奋描述的愿景，他还没实质性地进入谈情说爱的人生阶段，也可能，没准真有这样的奇人，一辈子都被他自己的Idea屁颠得无暇全情进入爱的状态。当然，也可能，他明白Idea是他忽悠无知少女的最好手段。这么想，乔娜居然又为他捏起汗来。

爱情课

十一、老爸的第三张牌

他面对的是一棵实在太大的树，大到让他自卑了，清贫者就是这样缺乏底气，辛苦彷徨。

有天下午，一个提着电脑包、面容清癯的青年走进了"正在找"。他对着小黑板上的菜单，想了好一会儿，说，我还是来杯红茶吧。

那是菜单上最便宜的饮料。然后，他坐到了靠窗的位子，打开电脑，进入了自己的世界。

乔娜泡好茶，端过去，见屏幕上是各种图形和线条。他抬起头，向她点了点头。他欲言又止的样子，让乔娜问了一句：还需要什么？

他嘟哝：安贝。

乔娜一愣，他脸红了。乔娜心想，他也是？

近看他的脸，线条分明的轮廓，修长的眉毛，眼睛里有闪烁的光。乔娜想，蛮好看的，应该是林总的牌。

于是乔娜赶紧会意点头。她说，你找她，我去叫她。

哪想到他摆了摆手，轻声说，慢点，让我慢一点。

他嘴里这么说，一只手往电脑包里掏，掏出了一只小盒子，递给乔娜说，小礼物，请多关照。

乔娜推让，说，不用。

他坚持，看着鹿星儿提着水瓶过来，她就只好收下，悄声说，谢谢。

乔娜后来在餐台那边，悄悄打开盒子，吓了一跳，居然是只LV的小钱包。

她想着他刚才点单时的犹豫，心想，没准他就只是喜欢红茶。

在接下来的时间里，乔娜不时过去给他加水。他坐在那里纹丝不动的样子，让她纳闷他到底将怎么开头。

他自己过来了，他拿着杯子，说，有奶球吗？我想放一个到茶里。

乔娜说，我们只用鲜奶。就转身拿了盒鲜奶，往他杯子里加。

他眼睛里依然在闪烁，这让他看起来有些紧张。是的，他从进这个门以后，好像一直紧绷着。有一团紧张的气息，围绕在他的身边。

乔娜对他眨眨眼睛。那意思是说，怎么开始呢？

他明显在想词，他眼睛瞅着乔娜头顶上方的菜单。他突然轻语，林总要我慢一点，很慢很慢。

乔娜懂了。她点头。

这个下午，他一直坐在窗边修改电脑里的设计图。

偶尔安贝从里间出来的时候，他就抬头看她一眼。

安贝穿着一袭民俗风的长棉褛，这使她看起来跟平时有点不一样，妩媚了很多。

陈孝顺（现在乔娜知道这个建筑设计师叫陈孝顺），感觉这安贝像虚远的风景，一如那棉褛上绚丽的绣花。气场从她的眉宇间、步态中，以及她身后的背景中直渗过来。如果林总不提醒他慢点，他还真的不知该如何入手，甚至怎么搭话。于是这个下午，他稳坐不动，他真的不知如何走过去，说，呵，你好。

哎，问好后，又怎么说呢？

好在，现在要求他慢点。那么，今天就不上前去了。明天再来。

第二天下午，他继续来到咖啡馆，坐在昨天的位子上，继续优质青年努力的模样。

等到他连坐三个下午后，安贝注意到了他。

安贝问进来喂猫咪的鹿星儿，那个男的是做什么的？

鹿星儿说，哪个？

就是那个看电脑的，好像蛮喜欢我们这里。

呵，我没问，我这就去打听一下，鹿星儿说。

鹿星儿出去问乔娜。乔娜说，是个建筑设计师，他喜欢这儿的氛围，我打听过了，从日本留学回来的。

鹿星儿朝那个人望过去，他正低头沉浸在自己的天地里。鹿星儿对乔娜轻声嘀咕了一句：不错哟，比小孙哥高级，下手吧。

死人。乔娜用手指弹了一下鹿星儿的胳膊，说，这么好，留给老大好了。

鹿星儿一愣，"哦"了一声。他进里间给安贝倒开水时，告诉安贝那人是建筑设计师，喜欢我们这儿的环境，你想认识他吗？

安贝笑道，既然他常来，以后总会认识的。

陈孝顺坐到了第四天下午，还没启动。

乔娜也急了，趁安贝、鹿星儿三点半带着胖宝、铃铛去宠物医院洗澡，她坐到了陈孝顺的身边。

她问他有没有感觉啊。她这么直言不讳，让他脸红了。他眼神有些躲闪，说不错的，真的很好，就是太好了。他轻微地摇了一下头。她知道他的意思，即担心高攀不上。他这样的心虚，与他硬朗的外表有反差。但乔娜不奇怪，因为都四天下来了，他还没启动，这也太慢了。

乔娜问，那么还要不要上？

他点头，告诉她，觉得她不错，因为她的素质一眼就看得出来，更何况她的家境也是一目了然。

既然挑明主题了，接下来陈孝顺跟乔娜的谈话就慢慢放开了。乔娜发现他挺实在的。他说，对自己来说，真的非常不错，不错到不敢想，越坐在这里越不敢想，但还是在想，因为自己来自山区家庭，家里倾其所有供自己求学、留学，现在回来了，在这城市里人生地不熟，而事业处于上升期，所以需要一棵像她和她家那样的大树做依傍，这会成长得更好一些。

乔娜脸上的理解神情，让他放松。他轻轻摇头，说，但是，越坐在这里越不敢想，看着她的样子，自己越来越没信心，是的，真的没信心，也怕受伤害，我的意思是怕自己真陷进去了以后，最后又是不可能的，就伤了自己，而想想，可能性还真的是不大。虽然林总对我印象不错，让我试试，但我知道她与他爸是两回事，这一眼就看得出来。

乔娜轻轻拍了一下他的手背，说，别多想，你坐在这里这样想，这不是折磨自己吗？我看，等会儿她回来，你就迎上去。

陈孝顺在关自己的电脑。他把电脑装进了电脑包。他站起来，对乔娜说，好了，我不想追了，我这么跟你说了一通，发现已经理清楚了自己的思路。因为这是不可能的。那么为什么我要跟自己过不去？

他一下子走到了门边，回头对乔娜笑道：她回来的时候，告诉她有个设计师觉得她这儿的设计品位很不错，墙上的那幅抽象画可以切成四小幅，分别装框，这样更简约。

他就走了。

　　同样，这世上的女孩都有代入感，以乔娜不可避免的代入感，这"凤凰男"——他可以称"凤凰男"吗，如果追的是自己，那么自己会中意他吗？乔娜在心里一会儿点头，一会儿遗憾，一会儿说"不"。说"不"是因为这是不可能的，因为他不会追自己。她发现她懂他就像懂自己一样，因为自己和他是同类项，一样的想拼，一样的底层，一样的指望改变……她发现自己在可怜他。他面对的是一棵实在太大的树，大到让他自卑了，清贫者就是这样缺乏底气，辛苦彷徨。她看着他的背影，差点落泪。

爱情课

十二、老爸的第四张牌

他把头探向她，压着嗓子说，趁她还没来，你给我讲
讲她的爱好、脾气，哈，据说她蛮酷的，是匹野马，
好在我家有草原。

开发新能源汽车的飞达公司年轻高管李飞翔，穿着细格休闲西装，走进"正在找"咖啡馆的时候，乔娜和鹿星儿刚好去超市购买猫粮了。

李飞翔看见安贝在餐台内调咖啡，就一扬眉，凑过去轻声说，嘿，我知道你是乔娜，林老总让我过来的。

安贝扭头，看见了李飞翔微胖的脸，他的眉宇间有奇怪的表情，他压着嗓门说话的样子有点神秘兮兮。

安贝正拿着盐瓶往咖啡里洒一点点细盐，这是在英国留学时米彻尔夫人教她的妙招，所以她没反应过来，她想他认错人了，就问，你想喝点什么？

李飞翔没说想喝什么，而是向她眨眼睛，问，乔娜，林总的那个女儿哪？林总说你知道接下来该怎么做。

安贝心里一愣，问，你找安贝？

李飞翔有点逗乐地继续眨眼睛，脸上浮起腼腆，说，对呀，林总让我来相亲，他让我先找你呀，说你会接应的。

安贝的脑袋里"嗡"地一下，心里一下子洞开，她想，有病啊，真有病，老爸有病，乔娜有病，这男人有病，搞得像地下工作似的，把我当婴儿骗了，你们搞什么搞啊！

她委屈得眼泪都要涌出来了，这人还在傻子似的眨眼，搞得像上海滩的地下党，就差接头暗号了，瞒谁啊？她一恼，脑神经突然就接通了，"蓝晶新传媒文化公司牛威"，她突然想起来了，老爸曾经好几次在餐桌上提起过这个名字。

切，他们还瞒了我什么？

她一恼，手势过重，盐瓶里太多的盐落进了咖啡。她把杯子往餐台上放，说，拿去。

李飞翔接过咖啡，以为这是乔娜安排的第一步。他看着安贝轻声笑道，靠你了，乔娜小妹，以后请吃蹄髈。

奶奶的蹄髈。他那张气派的阔脸让她无感，她想发火，但转念间，就想恶搞。她说，安贝去超市了，你坐那边等吧。

李飞翔端着咖啡，坐到了左侧第一张桌子。

安贝自顾自继续她的创意咖啡。她听到那男的在那边嘀咕，这咖啡怎么像海鲜汤？

海鲜汤。怎么会有人尝出了海鲜汤？安贝憋住笑，咸死他，背着我，把我当什么了？她心里对老爸、对乔娜充满了埋怨，有病，有病！

今天这个时段咖啡馆里人不多。李飞翔在那边向安贝招手。他说，乔娜小妹，你过来过来。

安贝以为他要冰水，拎着水瓶走过去，站在离他桌子5米远的地方，看他是不是要。

他把头探向她，压着嗓子说，趁她还没来，你给我讲讲她的爱好、脾气，哈，据说她蛮酷的，是匹野马，好在我家有草原。

安贝转身就走。她听见他在笑，呵呵，开玩笑。

安贝往窗外瞥了一眼，看见乔娜和鹿星儿拎着几大袋东西，正穿过小广场向这里走过来。

安贝回头，向那男人一指窗外，说，喏，你找的人来了。

李飞翔赶紧站起来，凑到窗边看。正在窗台上晒太阳的胖宝"嘣"地跳下来，踱开去了。

李飞翔说，哇，这么漂亮，比照片好看哪。

安贝站在餐台内，心里电闪雷鸣，真是狗血的一刻。

乔娜、鹿星儿走进来的时候，安贝对乔娜说，哎，有人找你。

找我？乔娜把购物袋放在地上，扫视店内。她看见了有个男人正目光如炬地注视着自己。不认识啊。难道是前一阵狂发名片时，在哪儿递给过他一张？

李飞翔看着乔娜，笑容满面地迎了过来，嘴里说，是安贝吗？久闻大名，久闻大名，和网上的照片不像哪，比照片好看，好年轻哪。

安贝？乔娜想，他叫错了吧？

看见他向自己伸出手，乔娜也伸手握了一下，说，我是乔娜，安贝是她呀。

安贝短促地看了乔娜一眼，说，我不是安贝，你是安贝。然后她往里间走，她说，我都不知道我是安贝了，我什么都不知道，我本来就什么都不知道，因为安贝是个被人蒙着的傻偶。

她"呼"地把里间的门给碰上了。

昏倒，昏倒。在李飞翔搞清楚了原委后，一迭声地说，乌龙，乌龙，然后他一溜烟地走了。

乔娜和鹿星儿敲里间的门，因为他们听见她在里面哭。

他们请她出来。

乔娜说，老大，你想多了，哪有这么严重？

鹿星儿说，老大，出来说，出来慢慢说，其实乔娜挺冤的。

乔娜轻踢了星儿一脚，心想，这是女人的事，你走一边去会好一点。

鹿星儿没走开，他趴在门上，在笃笃地敲。他说，老大，我知道乔娜是好心，老大，你出来。

乔娜拍拍鹿星儿的背，心想，你知道什么，这是我和她之间的事，也是她老爸交代的事，都不知该怎么跟你讲，你再不走开，我都不好开口劝她了。

她挨近他的耳边轻语，这是女人的事，你走开。喂，有客人来了，你去接待一下啊。

鹿星儿就往前堂去。

乔娜把嘴贴在门上说，老大，你开开门，老大，我有什么办法呢？老大，这也没什么了不得，他们过来想与你交朋友，这其实也是蛮好的事。

安贝在里面一声不吭。乔娜站在门外，像一只六神无主的猫在挠门。

半个小时后，门终于开了，安贝沉着脸，眼睛红肿，手里拿着一个信封，把它递给乔娜，说，这是这个月的工资，你走吧，我不希望你在这里做了，你回宝去吧。

乔娜眼睛发直，心想，怎么又要赶我走了？我哪里错了？

一急，泪水就往下落，乔娜说，老大，我怎么了？我去了一趟超市，回来怎么就被炒了？

安贝脸色苍白，短促地看了乔娜一眼，视线就转向一旁的博古架，她说，你早该走了，你把我蒙得像个大笨蛋，你屁颠屁颠的，特务、间谍、暗探、奸细，我受不了了，请你别再在我眼前出现。

乔娜被吓得花容失色，她辩解，没这么严重吧？林总是一片心，天下父母都是这样的心。如果我老妈还在，如果我老爸有能力，如果他们这样操心我的事，我会感动坏了，而事实上，林总确实让我很感动。

你别说话。安贝说，你一说话，什么都庸俗化了。

乔娜捂住自己的嘴，心脏在剧烈地跳动。她想安贝把这事看得这么严重，可见人与人之间有多大的差别，她是不是在钻牛角尖呀？

安贝靠着墙哭起来，她说，你们有没有想过我的感受，你们有没有想过我有多憋屈，为什么无论我做什么，你们都想强加意志，我受不了了，我都忍了三十年了，为什么我什么事都要听你们的，为什么你们一刻不停地盯梢我，我还是不是我安贝了？

她往乔娜那儿走了一步，冲着乔娜喊：安贝！安贝！安贝！

鹿星儿站在10米远的地方看着她们。店门已经被他关了，客人已被他劝回去了，"正在找"提前打烊。

他站在过道边，向里间方向看。那两个女孩像一对爆发的烟火，空气里都是沉重。他的手机搁在餐台那边。这一刻，他实在不想看见它，他也无力按下摄像键。

他听见安贝恼火的言语在空中跳跃：特务、间谍、暗探、奸细……

十三、辣女孩的惊慌一课

她突然意识到这话是不是有些暧昧。平日里对那些男的大放娇媚，那是在公众场合，打情骂俏，类似演戏，不将它当真，而现在坐在这"暗香来"私密的餐厅包厢里，就有些不同的气息。

乔娜坐在喷水池边哭泣。车水马龙声从附近的马路上传来。这是城市的下午，偏西的阳光把她的影子投在喷水池里，在水波中散成了波光闪闪的碎片。

安贝让她回开宝公司去，但她知道这哪还回得去呀。咖啡馆的事没干好，那边还怎么回去呢？她本来就是临时工。

安贝的愤怒使乔娜知道哀求没用。于是她对安贝说，给我一个星期的时间再走好吗，让我去找个工作，一个星期。

那么去哪儿找呢？

乔娜坐在喷水池边，小广场那一头是"正在找"咖啡馆鲜花簇拥的门面。这两个月来，这里是自己的依托，也是自己的纠结所在。而现在即将离开这儿，接下来去哪儿呢？

她翻着手机通讯录上的电话号码，迎着夕阳扬了扬脸，想让冬天的风吹干眼泪。

她给小孙哥打电话。当电话接通时，她刹那间换了抖擞的状态，她娇嗲地说，哎哟，小孙哥，在干吗呢？

小孙哥在那头说，是你啊，好些日子没联系了，今天上午正好跟我这边的员工讲起你。

乔娜笑，说，心灵感应哪，讲我干吗？

小孙哥说，我让他们向你学，嗨，最近你又有什么好点子了，上回"提篮上的小红花"你不生我的气了吧？

乔娜说，哎哟，别说那个"小红花"了，把我朋友搞进坑里了。

乔娜心想，梁子是那回就结下了的，你当然有责任。

她嗲嗲地说，喂，小孙哥，你上回说想让我到你这边来做，是真的还是假的？

哈，小孙哥说，怎么，你考虑了？

乔娜嘟哝，你看我做这一行真的行吗？

怎么不行？小孙哥提高了嗓门，不仅行，而且是个人才，你来你来。

你真的要我过来？

当然欢迎，来了就是策划部主任。

乔娜笑道，那我现在过来看看你，你不急着下班吧？

乔娜转了两趟公交车，到追梦婚庆有限公司的时候，天色已暗。

这是绿晶商业大厦的第三层。乔娜穿过悬挂着爱心、中国结等装饰物的走廊，走向小孙哥的办公室。他在那里等她。

她轻叩落地磨砂玻璃门，然后推门探头进去，她看见小孙哥已经从办公桌那边走过来了，向自己伸展手臂，说，来吧。

这憨兄好似要给自己一个拥抱，乔娜侧身避开，笑道，真这么欢迎？

小孙哥抓起她的手握着摇着，说，不是我这边欢不欢迎，而是你该下决心。

乔娜心里的暖像温泉一样涌动，她看着小孙哥黝黑的脸，想起在"麦德龙"与他第一次相识时的情景，心想这就是缘分。她说，我定了，来。

小孙哥看了眼窗外，楼下是闹市区绚丽的街景。他说，咱一块去吃饭，边吃边聊。

这晚，乔娜的心里有了落点，虽然想起下午在"正在找"涕泪横流的场景，心底还有隐约的痛，但面前小孙哥的脸越来越亲切，这消退了她的茫然。

小孙哥的底她早就摸过了，已婚。上次来他公司时，就已注意到了他电脑屏保上是一个小女孩的照片，四五岁的模样。

现在她还注意到了他手指上的戒指。

其实自打在"麦德龙"门前与他相识，自己还真的没对他动过念头。就像朋友，什么都对，但意识中只归类于"朋友"。

是他还不够有钱，还是他对她的吸引力还不够大？

她没想过，因为她没想这样。虽然她感觉自己分分钟可以迷倒他，拿下他。

小孙哥盯着乔娜的脸，说，你在想啥？

乔娜笑笑，说，想你对我真好，暖男。

她突然意识到这话是不是有些暧昧。平日里对那些男的大放娇媚，那是在公众场合，打情骂俏，类似演戏，不将它当真，而现在坐在这"暗香来"私密的餐厅包厢里，就有些不同的气息。

小孙哥的眼睛里有温柔。他说，我感觉我跟你有很多相同的地方。

乔娜摇头，哪里呀，你是成功人士，而我在到处找工作。

小孙哥说，到我这儿来，到我这儿来，哈，我很高兴你来我这儿。

这晚小孙哥要了一瓶红酒。但感觉他酒量不行，才几杯下去，脸就红透了。他的眼睛里有水雾一样的光泽，这让他看起来与平时的憨态有些不一样，他话也多起来，看得出他高兴乔娜的加盟。他举起杯，说，娜娜，你是城里人，我可是农村出来的。

乔娜想，我也是城里的穷人，你知道我爸是老矿工啊。乔娜说，什么城里乡下，成功者为王。

小孙哥拍了拍她放在桌面上的手背，说，我原先看着你们这些城里的女孩就自卑，我现在做这一行，是将她们打扮得比原来更漂亮，心里就有了底气。

乔娜想，嘿，他还会讲心理呢。

小孙哥看着桌上的菜，问乔娜还想吃什么。

乔娜说，够了。

小孙哥说，哦，对了，这里还有一道好的。

他叫来了服务员，又加了一道"温柔思考"。

隔了一会儿，菜端上来了，白花花的，上面洒了红色的泡椒。

这是什么？

你尝尝。

乔娜用筷子夹了一点，软软的，尝不出是啥。她说，尝不出来。

小孙哥说，猪脑。

哎哟。乔娜退避三寸，他竟然吃猪脑。

她就开始笑，笑得像疯了一样。她也不知道猪脑有什么好笑的。

小孙哥也跟着笑。

等笑停了以后，两人相互瞅着，暂时没了言语。小孙哥问，你在想什么？

乔娜说，没啊，你怎么总问我在想什么？如果要想，那也是想来你这儿后怎么把事干好，让自己多赚点钱。

小孙哥冲着她笑，眨眨眼说，我愿意养你。

乔娜吓了一跳，她发现自己好爱听这话。这年头有多少人能对别人说，我养你。

乔娜把他这句话当作了仗义的比喻句，她看着他红彤彤的脸，握起他的手，拉到空中摇摇。事后她怀疑误会是如此产生的，因为他把这动作看作了她的应允。他突然把头凑过来，飞快地亲了她的脸颊。

啊哟哟，妈妈呀。他居然亲我。乔娜赶紧避开，刹那间明白了他误会了自己的意思。

他又把嘴唇凑过来。乔娜一边避开，一边看着他酡红的脸，心想，啊哟哟，姐可没想好，姐真的没想好，能不能跟你这样。

小孙哥的嘴扑了个空。乔娜心里在叫，哎哟，姐没想好，不行，没想好，怎么可以这样子？啊哟，妈妈呀。

她用手掌捂着自己的脸，站起来，说，小孙哥你醉了。

小孙哥看着她，脸上是强烈的情感。他想用手臂环抱她，她避开了，到了桌子的另一边。小孙哥轻声说，我答应，一个月一万块钱，好不好？

乔娜说，你醉了。

小孙哥看着她慌乱的眼神，笑了，目光真诚，语无伦次，说，我真的喜欢你，娜娜，这是真的，我想你可能有很多男朋友，以后不能有的哦。

啊哟哟。乔娜围着桌子走，心想，啊哟哟，我"小刀片"可没想这样哦，我"小刀片"想都来不及想跟你可不可以，你怎么可以这样？你嘴巴刚才吃了一大坨猪脑子，是不是傻了？好在我没吃。

小孙哥执拗地把头伸过来，乔娜推开他，刹那间瞥见他的耳朵上居然还长了一只小耳朵。啊哟。

乔娜落荒而逃，心想，这下友尽啦。

她下楼，飞快地走，大街上灯火灿烂，她在人群中穿行，她觉得心都要跳出来了。

现在，她对自己说，我知道了，为什么我不愿意，因为我还没这样想过。

爱情课

十四、一个女人痛说家史

乔娜呢喃，我倒什么霉了，我怎么就小三了？

乔娜站在"正在找"咖啡馆餐台内。她的眼睛留意着里间方向的动静，安贝一个下午都没出来过，乔娜仿佛看见有一团心烦意乱的气息正从那边漫过来。

新招的两位大学生临时工，还没来上班。乔娜在这儿还有四天的班，下周一她就不来了。

乔娜想着昨晚的事，就像做了一场梦。她知道小孙哥可能是醉了也可能是没醉，她还知道小孙哥坏不到哪里去，在生意人的圈子里，这样的事可能不算个事，但这个事对她来说是个事，至少目前还是个事，唉，这个小孙哥，友尽啦。乔娜心里滋味怪怪的。

有个穿黑色羽绒背心的矮个子女人走进了咖啡馆。

她走到了餐台前，抿嘴对着乔娜笑，说，你是乔娜吗？

乔娜不认识她，点头问，你需要什么，咖啡还是茶？

女人的笑意在渐渐消失，她在研究乔娜的脸，然后突然尖叫了一声"小三"，伸过手来狠扇了乔娜一巴掌。

啪。

乔娜和店里所有的人都惊呆了。乔娜一手抚自己的脸，一手哆嗦着把一杯咖啡泼向那女人，尖声说，你干吗？

咖啡泼在了那女人的脸上，那女的尖叫了一声，把餐台上的杯碟瓶罐往乔娜方向扔。"呼呼呼"，电影里才有的"大闹餐厅"场景发生了。

那女人的手像犀利的爪子，她拉住了乔娜的头发，她的咒骂声和乔娜的尖叫声冲击着每个人的耳膜。

她说，我叫你再勾引我老公，小三，臭小三。

乔娜反手给她一耳光，说，疯婆，哪来的疯婆，你认错人了吧？

她们缠在一起。鹿星儿和一帮客人冲上去拉架。

两个头发散乱的女人被拉开了。现在她们中间隔了三张桌子。羽绒衣女人放声大哭，小三，你知道我容易吗？你知道我家的孙庆宝从农村出来的时候，放羊娃一个，他老家至今还在养羊，这十几年不是我起早摸黑跟他一起做，他哪有今天啊！你知道我吃过的苦吗？你要吃现成的，你想过我陪他走的是艰辛路吗？这公平吗？你娇滴滴，微信短信，一口一个大叔、小孙哥，你这么风骚，你去别处吧，老娘辛辛苦苦地陪他一路走过来，你就可怜老娘吧！你和他鬼混，让他鬼迷了心窍，他昨晚醉乎乎地回来，冲着我叫乔娜，我都要吐了……

女人纵声哭诉，震翻全场。

乔娜冷笑一声，指着她说，有没有搞错，你这疯婆！我如果真愿意，只要给他一个眼神，你连老婆都没得当，问题是我压根没这兴趣！喂，你还不滚出去，我要报警了，你赶紧回去看紧你那放羊娃……

鹿星儿把乔娜往后面挡。乔娜推开他说，我招什么邪了，这几天，我招什么邪了？

她掏出手机给小孙哥打电话，她对着那头喊，孙庆宝，你老婆在这里发疯了，你给我领回去！

电话那头一直占线。

小孙哥的老婆在一张椅子上坐下来，看样子一时半会儿她不会走，她一把鼻涕一把眼泪继续痛说家史。她说，我就不明白了，我每天晚上连洗脚水都给他倒好，他怎么就变心了，他变心了我竟然之前一点都没觉察到。

外面的风云激荡，早惊动了里间的安贝，她站在人群中不知道该如何让她俩收场。而当她听到小孙哥老婆的这句话时，就脱口而出：这位阿姐，他都要变心了你居然还不知道，这就是他变心的理由。

小孙哥老婆迷惘地看着安贝。这话太玄乎。安贝说，你连他变心了都不知道理由，那么你说，平日里他会有与你心灵相通的感觉吗？阿姐，你还不赶紧回去啊！

玄虚的话最能直击虚弱，小孙哥老婆闻言起身，飞一般奔向门口，她回头看了一眼乔娜，骂了声，小三。

乔娜把一只碟子丢向她的背影，说，疯婆。

乔娜面容凌乱，手背被碎杯子划出了一道口子，鲜血直流。这悲催模样让安贝又惶恐又鄙视，唉，谁让你去招惹人家，做小三的命，还来操我的心，管好你自己去吧。

客人们中的大多数，好像还没从这突如其来的狗血中清醒过来。安贝拉了一把乔娜的肩膀，把她往里间带，说，去包扎手。

安贝从抽屉里翻出了创可贴，贴在乔娜的伤口上。

乔娜呢喃，我倒什么霉了，我怎么就小三了？

安贝让乔娜赶紧回家，她说，打工的大学生已经下课了，马上就到了。

乔娜按着伤口，飞快地往门口走。她感觉店里的人都在看她。她想，名誉就是这样被毁的。

 爱情课

十五、暖男的用途

乔娜突然被暖了一下。在冬风吹拂的街头，她发现这暖突如其来，让心底柔软。她看着他被风吹红的脸。这个大男孩，她心想，自己平日里常因为安贝偏爱他而与他较劲。想不到在今天这种时候，他会送这一份安慰。

乔娜沿着街边飞快地走，冬天的风吹拂着她的头发，雾霾天气四下一片昏黄，她心里也一片模糊。她想，下周的这个时候，我会好过一点吗？

她听见背后有人在叫自己，回头看见鹿星儿骑着自行车追上来。

鹿星儿自行车篮里放着乔娜的随身小包，刚才她匆匆走出门，把包忘在店里了。她的地铁月票、钱包、钥匙都在包里。

乔娜接过包，对鹿星儿点点头，继续往前走。鹿星儿没转身骑回去，而是跟着她，说，我送你。

送我？乔娜回头，尽力让自己笑起来，说，我挺好的，我可不会想不开，那是个疯婆，我就当个笑话。

鹿星儿没吭声，推着自行车继续跟着她。

她说，你别送我，我今天想走回家，暴走一把。

鹿星儿说，这样的雾霾天，走什么呀？可见你还是受了刺激。

她冷笑了一声，说，算你聪明，那你就让我一个人待会儿。

她往前疾走，他推着自行车在后面跟。他这两天看着她的落魄，心里有一点同病相怜的感受在暗涌。是啊，自己同样是林毅行派过来的，如若安贝哪天知道了，自己一定也会死得很惨。由此，他对乔娜有了同情。

他们走过了两个路口。乔娜站住脚，说，你回去吧，我乔娜是女汉子。

鹿星儿对她摇头。自从那天他偶尔瞥见了她的忧愁，现在哪怕在她娇嗲、最装的一刻，他也能看到她一闪而过的心事，它们像一颗颗细小的星星，在她的眼神、语气乃至步态里，倏地一下飞过去。

鹿星儿说，要不我骑车带你回家吧？

干吗？

反正你下周就不来了嘛。

做个留念？

就算吧。

乔娜突然被暖了一下。在冬风吹拂的街头，她发现这暖突如其来，让心底柔软。她看着他被风吹红的脸。这个大男孩，她心想，自己平日里常因为安贝偏爱他而与他较劲。想不到在今天这种时候，他会送这一份安慰。

乔娜于是纵声而笑，她这样笑的时候，其实是在撑心里的虚软。她伸手拍拍鹿星儿的肩膀，说，送也就别送了，就在这儿聊一会儿，然后道别，后面几天就不告别了，姐没钱，要不请你吃饭，咱省省吧。

鹿星儿说，我请。他指着街对面的"李生记"餐厅。

他被风吹红的脸庞，让她心里突然暖意漫延。乔娜说，省省吧。她拉他坐到街边林道旁的一张木椅上。她裹紧了大衣，故意把头往他肩膀上靠去，说，借一下你的肩膀，我伤心哪，竟被人当小三了。

她语气逗乐，想显示自己的潇洒。她把脑袋强行靠在了他的肩头，眼睛看着林荫道上的栾树和天空。

她说，我真的没做小三，你信不信？

鹿星儿鼓了鼓腮帮，想逗她开心，说，信，因为他钱不够多。

她睁着猫咪一样的眼睛，看着昏黄的天说，嗯，如果2000万呢，考虑不考虑呢？

他移开了自己的肩膀，说，才2000万，不考虑。

那多少考虑呢？

他转过脸看她，眉宇间好像在征求她的意见，2个亿？

她笑道，2个亿就可以考虑了？呵呵，这么说，小孙哥是不可能的了，因为他是不可能有2个亿的，喂，你明天帮我去告诉他和他那个老婆。

然后她就放声大笑，开始时是故意的，后来就不可控了。每当她这样的时候，她知道是想把心里的气轰到外面去。

于是他也跟着笑，因为她看着好怪诞。

她眼泪都笑出来了，笑声甚至压倒了马路上的车声。她说，你信不信，如果我想当小三，也不会熬到现在才当了；你信不信，我没这个心思，从小爹妈也不是这么教的；你信不信，我到现在还没正经八百地深爱过一场，哈哈……

她笑这些人什么眼力呀。她笑自己好牛呀，不仅引人危机四起，还2个亿才考虑。她仰脸笑着的样子，又怪又勇。

鹿星儿叫了一声她的绰号："小刀片"，然后哈哈大笑说，我相信，我相信，算我相信啦。

后来她坐在他自行车的后座上回家。

这是一年的最后一个月，街边橱窗里已换上了迎新年的喜庆装饰。

怎么又过年了？冷风吹拂，乔娜下意识地将脸颊贴紧他的背。他穿着一件灰色的棉夹克。她说，怎么又要过年了，一到过新年，总是不开心，只有小时候才喜欢新年。

他在前面说，那是因为又大一岁了。

是啊，又大一岁了，什么事都没办好。

别急。

你们男的不急。我们可急了。

鹿星儿在前面说，安贝都不急，你就别急。

我如果是她，就一点也不急。乔娜说。她感觉自己说的是真心话。

鹿星儿在前面叹了一口气，说，每个人有自己的压力。

乔娜说，也是。

自行车掠过下午的街道。乔娜想着下星期以后就不太碰得到他了，心里升起了留恋。

她说，明年的这个时候，你得给我打个电话，问我工作找到了吗，男朋友搞定了吗，好不好？

好呀。

乔娜说，如果没搞定，那你也得来送我回家。

为什么？

不为什么，就是现在突然这么想。乔娜说。

他们到了工人新村乔娜家楼下，乔娜指着三楼的一个窗户，说，那就是我家，谢谢你了，你回店里去吧。

鹿星儿骑着车走了。

乔娜走进了家。爸爸坐在窗前的破沙发里看报。年轻时他在北方做过十多年矿工，后来回城在机械厂上班，十年前开始感觉胸口闷痛，经查是尘肺病，由此病退了。

乔老爸见女儿回来，有些奇怪，问，今天你这么早就下班了？

乔娜"嗯"了一声，往自己的小房间走。

有人敲门。乔娜转回身，开门一看，是鹿星儿。

鹿星儿手里拎着乔娜的小包，说，刚才你放在我的车篮里，又忘记拿了。

乔娜笑，我今天什么记性啊。

他站在门口，乔娜当然不好意思接过包就把门给关上，所以就请他进家来坐坐。

这是一个显得凌乱的家，清苦、灰旧一目了然。鹿星儿看见了乔老爸，灰白的头发，消瘦的脸，厚厚的棉衣。鹿星儿说，叔叔好。

乔老爸好奇地看着这个男孩，向他点头。乔老爸当然把他当成了乔娜的男朋友，因为这是他心里最惦念的事。所以，他对鹿星儿说，挺好挺好。

乔老爸站起来，过来握鹿星儿的手。乔娜在厨房间找茶叶。乔老爸冲着厨房方向说，不错，乔娜，这个不错。

乔老爸注意到了鹿星儿在打量屋子，就说，家里太乱了，我们苦惯了。

鹿星儿笑笑，说，没关系，我们家也挺乱的。

这小伙子脸上的实在劲儿让乔老爸满意。乔老爸感觉他看起来挺小，于是又冲着厨房方向问，乔娜，他是不是比你小？

乔娜在那边笑道，哪里啊，差不多，我就这么显老啊？

乔老爸呵呵笑道，那就好那就好。然后他告诉鹿星儿自家的这闺女孝顺，肯吃苦，会持家，还烧得一手好菜。他对鹿星儿挤了挤眼睛，说，对她好点。

鹿星儿有点窘。乔娜端着杯子过来，知道爸爸想偏了，就对鹿星儿夸张笑道，哈哈，我爸把你当成我的男朋友了吧？凡是走进这门里的男生，都会被他当成女婿的。

　　鹿星儿笑着摇头，接过杯子喝了一口，站起来说，好了，我要走了。

　　乔老爸显然奇怪他怎么这么匆匆就要走了，说，以后多来，反正家你也认识了。

　　这天晚上，乔娜无法入眠。这狗血的一天。

　　临近晚上12点钟，她听到手机"嘟"地响了一下，是一条短信。

　　"我考虑了，你还是在我们这儿做吧。安贝"

爱情课

十六、相怜的逻辑

在后来的某个日子里，当安贝回想起这天上午两人的对话，会吃惊地发现：两人言语，你来我往，但最后都绕着乔娜的逻辑在转，这奇葩，估计智商在150以上。

"不是我心软，而是我这人比较职业化。"

这是第二天早上，安贝在对乔娜说话。"正在找"还没开门营业。在咖啡馆的里间，两个女生看着对方都有些别扭和尴尬。胖宝绕着她们脚边"喵喵"地叫唤了几声，见没人理，就跃上了小沙发，发呆去了。

安贝说，虽然气头上我会比较冲动，但我做事的逻辑是职业化的，我决定留你继续在这儿工作，是因为就咖啡馆运营而言，你业绩做得无话可说，没理由要你走人，但就我的情绪而言，确实想让你离开。

安贝压低了声调，以显郑重，她说，因此，乔娜你的问题是迅速厘清你自己的职责，你不是红娘，因为我不是崔莺莺，你也不是紫鹃，因为我不是林妹妹，我只要你做好咖啡馆经营这一项，而不是瞎掺和我的生活，因为我不喜欢这样。

安贝解释了留乔娜的理由，但没说鹿星儿昨晚下班前为乔娜说情的事。

鹿星儿昨晚状况迭出，不是听错了客人的点单，就是放多了糖，还打翻了三杯咖啡……并惹了一位常来这儿看书的女小资的不爽，因为他没搭理她的问题，"白开水放了12个小时是不是不能喝""喝咖啡是不是能抗忧郁"。他没哄她。他自己心里的难过，该喝几杯咖啡才能变得轻快？切，咖啡又不是酒。他觉得这些泡在这儿的人有些腻歪。到下班的时候，他憋不住了，对安贝说，乔娜她家里挺苦的，她也够尽力的。

他拉开收银机给她看，你看，今天也赚了这么多，最近天天有赚，那是靠她的推广。

她知道他在说什么。

这个大男孩眼里有难得的郑重和哀求，安贝被刺了一下，感觉他是在说她情绪化，不够职业。

安贝就有些过敏，瞥了他一眼，说，哦，晓得了。

乔娜当然不知道昨晚的事。

此刻乔娜对于安贝的解释和要求，一边点头，一边欲言又止。

安贝知道她的意思，就接着说，也可能你会讲，我爸让你当红娘、紫鹃、袭人，但是，我林安贝不需要丫鬟和耳目，本姑娘正休"间隔年"，你们别捋着袖子上阵帮我找老公了行不行，我要吐了。

安贝脸色变得通红，她感觉自己在表达一个原则。她已无数次表达了这个原则，但为什么他们总是不听。她眼睛里有水汽蒸腾上来。

乔娜嘟哝，也不完全是因为你爸的交代，我也真心想帮点忙，尤其是每天跟你在一起以后。

安贝说，那你先操心你自己的事去吧。

乔娜一怔，脸红了，说，我知道你怎么看我，但我不是小三，这一点我要说明。

安贝说，知道。

是的，追梦婚庆公司小孙老板昨晚来店里赔过不是了，他老婆砸了店里的东西，他过来赔偿，并且解释了误会。

两个女孩在说话的时候，女猫铃铛进来了，它对沙发上的胖宝视若空气，逛了一圈，出去了。

安贝脸上的倔表情，让乔娜惶恐和委屈。

乔娜嘟哝，开始时确实是当作林总交代的公事，但后来四处找人、猎头，脑子里全是你的影子，想着你会怎么想、怎么看、喜欢怎样的男生……就不全是公事了，当一个人脑子里全是另一个人的事时，他一定会有真心真意的，甚至他不仅有真心真意，他都快要变成那个人了。安贝姐，我说的是实话，别怪我是红娘、紫鹃，红娘、紫鹃虽是老夫人指派，但她们可不是奸细。

乔娜脸上的茫然，让安贝茫然。

安贝摇头说，我不认同你说的这种"真心真意"，它只能让我感觉到压力。我受够了别人包括我爸妈以好心的名义让我这样那样，他们说为我好，但你看我好吗，我开心吗？

她们说的不在一个点上，但彼此都明白对方在说什么。

有一颗泪滴顺着安贝的脸颊滑下来。

乔娜想怎么又把她惹哭了，心一急，就说，安贝姐，我哪敢强你所愿啊，我只是想让你多些结识别人的机会，别太宅女了。"六人咖啡"你不也玩得挺高兴吗？"提篮上的小红花"虽然搞砸了，但现在许多咖啡馆都在学我们这个创意……

安贝听到了这言语中的幽怨，这让她有些心软。安贝说，是啊是啊，我也从这里面学到了不少，你也不容易，你尽心尽力的地方我都看在眼睛里的，以后你就忙你自己的去吧，别管我了，你自己开心点。

乔娜感觉泪水在夺眶而出，说，我们开不开心，是由你的情绪决定的。你开心我们也开心，见你心烦意乱，我们也不会好过到哪里去，我说的是真话。

安贝无语。乔娜拉了拉她的手，说，我是笨手笨脚的，别怪我。

是的，你别怪我了。乔娜心想，我脑子里全是你的事了，如果你再不开心，我脑子都要炸了，现在我每看见一个好看的男生，都发神经地想"安贝与他怎么样"。你说，我是安贝还是乔娜？你再不开心，我也要迷失了。

安贝伸手，向乔娜摇了摇，想结束谈话，因为空气里跑进了忧愁的东西。

但乔娜还在嘟哝：我自己也奇怪，我怎么会变得这么在乎别人的脸色了，我以前可不是这样子的，我现在整天想着你是否开心，想着今天来的哪个男人与你般配，他是冲着钱还是……我脑子里连自己找男朋友的事都没影儿了，我好像在替同学解一道数学题，非攻下不可，我做事一向都这样容易钻进去……

安贝奇怪地看着这个女孩，她脸上交错着迷失、委屈和执拗。安贝说，赶紧出来！你怎么可以这样？你得给我赶紧出来。可见我爸给你安排的事不是什么好事。

乔娜告诉她，那你也得从你的状况中出来，你对每一个男生都爱理不理，你的调调，包括你周边空气里每一个分子都给人这感觉，这还怎么成家啊……

安贝告诉她，那是因为自己觉得没劲，觉得没劲是因为自己看明白了结果，从十八九岁的时候，就看明白了结果——找怎样的人，与哪家般配，杠杠就横在那里，她那个家和依附于它的无数从业者眼睛里都是这个意味。

乔娜听得懂安贝话里的意思，虽然那是她遥不可及的生活。

安贝盯着桌上的一盆绿萝，说，乏味是因为把底先兜给了你，但是，既然有这个先设的底，你就会发现，所谓"合适的"，在实际中依然统统"不合适",所以基本徒劳。

安贝说,我不甘心,才有别扭,要不然,指不定也能忍。他们说,以家业为大的女人都是这样忍的,这是志在事业,我怎么听出来的意思是:这是没有办法的。好吧,你们志在事业好了,干吗要我一个女生来忍,公平吗?

乔娜看着她,知道她真的不开心。

乔娜心想自己没钱没背景没关系,生活也没着落,但至少对于前方,还可以抱抱梦想,这么说自己比她还要好过一点?这世上的事,多为悖理。

这是一个奇怪的上午。等鹿星儿到咖啡馆时,发现两个女人在里间私语。他借口喂猫咪,进去,被她们挥手打发出来,她们说,咱们在谈事。

鹿星儿抱着胖宝出来,心想,看这样子乔娜还可以在这里做下去。

乔娜问安贝,但是,这么多年来你总有喜欢的男生吧?

安贝说,不能说没有,但结果真的没有。

为什么?

因为前提太多,轻松不了,累觉不爱。

从来就没有动心的男生吗?乔娜追问。因为她不信。

安贝好像在想,然后笑了笑,说,有过,那是long long ago,小学的时候。那时候除了喜欢,没有别的框框,所以特别喜欢。他是我同桌,一个很可爱的小男生,我从三年级开始喜欢,一直喜欢到六年级小学毕业。他有一个有趣的名字,余鱼,我们叫他小鱼儿,那时候他数学可好了。

乔娜没觉得这是玩笑，她瞪起眼睛，问，那他现在在哪儿？

安贝说，前几天听小学同学兰彩妮说，好像在报社当编辑。

乔娜瞅着安贝说，我去把他找出来。

你又来了。安贝觉得乔娜的眼神有些发痴，忍不住笑起来说，估计早结婚了。

结婚了，那也得找出来。

为什么？

乔娜摇头，说，我也不太清楚为什么，直觉呗，破除心结嘛。

呵，为什么？

因为你太文艺了。

这和文艺有什么关系？

我说不清楚，但我想这很重要。

重要？

是啊，最初的情感就是情结，而情结这东西在这年头就是用来破的，破了就有所悟。

有病啊，安贝心里笑道，这女孩声称没正经谈过恋爱，但又俨然神神道道的情感专家，是朵奇葩。

安贝对乔娜说，悟到的可能是时间如流水吧。

那也比什么都悟不到好。乔娜说，至少让自己想开、想透，放下，open一些，人一open，轻装出发，逮谁灭谁。呵，我话乱说，其实我也不知道啥意思。

安贝说，开玩笑，哪有这么玄乎的？

乔娜点头说，是开个玩笑。

在后来的某个日子里，当安贝回想起这天上午两人的对话，会吃惊地发现：两人言语，你来我往，但最后都绕着乔娜的逻辑在转。这奇葩，估计智商在150以上。

爱情课

十七、去找找呀，初恋者的疗效

反正安贝此刻的心情还不错，好奇心也在作怪，小鱼儿居然还真的被乔娜发掘出来了，他现在怎么样了？

一个穿长风褛的女孩，提着小包，往报社大门里走。

门卫拦住了她，问她干什么。

她笑道，报料，我要报料。

然后她目不斜视往前走，门卫在后面喊，登记，报料也要登记。

她头也不回，说，出来再登记吧，报料需要第一时间，第一落点。

乔娜直冲10楼社会新闻部。

她打探过了，"小鱼儿"余鱼就在该部门。她还摸过底了，晚报编辑余鱼，大学毕业，新闻从业十年，不显山露水，脾气温良，普通群众一名。

她是通过大学同学李玮的姐姐搞到了这个线索，李姐姐在报业集团人事处工作。其实一问，人家就知道了，小鱼儿？余鱼？晚报的，版面编辑。

虽然他人嘴里的小鱼儿平淡无奇，但乔娜无法遏制自己的惊喜。因为，关键看点是：余鱼还未婚。

乔娜站在社会部门口，向里面探望，哇，好大一个办公室，敞开式的，每张电脑桌上都摆放着绿萝，绿萝旁伏着一个"啪啪"打字的人。这是下午四点钟，纸媒记者写稿的高峰时段。

乔娜"笃笃笃"地走进去，高跟鞋发出清脆的声音，她问，请问哪位是余鱼老师？

她甜美的声音对伏案者们产生了牵引力，他们回过头来，看着她。哟，是个美女。来找小鱼儿的？

乔娜判断不了哪张脸会是安贝曾经暗恋的。哇，她只觉得好养眼：斯文眼镜男、长发文艺男、波波头调皮男、格子衫儒雅男……帅哥多多，她想，我早干吗去了，早该来这儿啦。

她对着他们笑，心想，哪个哪个哪个，林安贝，你的暗恋对象在哪儿？

她说，我找余鱼老师。

她笑得含蓄、优雅、开朗，让这屋里的人都有些傻眼，哟，看不出来哦，这么个大美妞来找小鱼儿。

他们把手指向东边角落，说，那儿。

那儿有一张胖胖的脸在向乔娜张望。

他站起来，张开嘴，对向自己走来的美女说，我是。

乔娜心里"嗡"地一下，脚步已经走到了他的桌前。

哦哟，是个大胖子。乔娜绝对懵了，她想象了一万遍安贝唯一的暗恋者的模样，以及自己找到他时的各种场景，但绝对没想到他会是一个大胖子。

我在哪里？这是哪儿？乔娜刹那间晕了。同时，她又遏制着自己狂笑起来的冲动，因为这实在太逗了。

她忙乱的表情估计让大胖子余鱼纳闷。他问，找我有什么事？

乔娜说，我要报料。

报料？余鱼感觉同事们在留意他这边，因为这么个夺目的大美妞。他们都有点八卦。

乔娜捂了一下嘴，因为她真的想笑，她说，有好料。

余鱼想，你是从哪里知道我，并且指名向我报料。他轻声说，我是编辑，报料其实该找记者。

她说，找你也一样，我报的料是，现在休闲咖啡馆成为投资热潮。

他说，这不是料，是经济趋向，你可以去隔壁经济部。

她咯咯咯地笑了，因为她忍不住地想笑。她说，不，这是对星巴克的逆袭。

这姑娘有点古灵精怪。余鱼也笑起来，他的大眼睛里一晃而过纯纯的神情，很长的睫毛，美目。乔娜想，可能就这双眼睛还有当年那么点影子。

余鱼说，这个角度，文化部做可能比较好。

乔娜说，哦，这样啊？

她心里在飞快地转着，不是转如何跟他说下去，而是盘算这么个胖哥哥到底还要不要把他领到乔娜面前。

她在心里说，神啊，这尊神啊，你怎么胖成八戒哥哥了，你就不能瘦回去吗？

要不要把他带回去呢？她在心里想，瘦是瘦不回去了，带回去干吗？打破偶像。哎哟，偶像是用来打破的，没准这么一个胖哥比一个不靠谱帅哥更对林姑娘产生疗效，让她领悟。领悟什么呢？管她领悟什么，总是会比我领悟得多，因为是她心心念念的初恋，又不是我，有领悟总比没领悟好……

乔娜混乱成一团的脑子里好像闪过了一道光，但不明晰，她想，直觉呀，直觉在哪，好吧，要不试试看。

乔娜定了定神，对余鱼笑起来，说，其实也不完全是文化方面的，嘿，告诉你，我们那里发生的社会类情感故事不要太多，温馨的，狗血的，不要太多。

她的笑很好看，胖男生余鱼点头，但他还是实话对她讲，那可以去隔壁专刊，我们这里是做硬新闻的。

她说，哦，我们也有硬新闻呀，我们咖啡馆最近发生了一起女性斗殴。

他笑了。那大圆脸有些可爱。他说，硬新闻不是这样的，必须有严重后果，比如，小三被暴揍。

天哪，乔娜说，还真发生暴揍了呢。

他发现她有点胡搅蛮缠，她的眼神像小鹿，有点执拗迷糊，好可爱的女孩子。他想，她怎么非要报料给我？

她好像知道了他在想什么，伸出一根手指，向他晃了一下，然后压到嘴角边，轻声说，我给你报料，因为与你有关。

她神秘的样子，让他睁大了眼睛。那眼睛更大了。她发现他虽看起来是个乐呵呵的胖哥，但其实带着点腼腆和书生气。

他笑着挠了挠头，嘟哝，和我有关？

她说，对呀，我报的这料，与你有关，告诉你吧，你被人看中了。

他显然不明白她在说什么。他想，怎么，谁看中我了？是你吗？不可能吧？你这么漂亮，怎么会看中我了？我都不认识你呢，你是谁？

她说，真的，你被人看中了，被我们看中了，我们开了家咖啡馆叫"正在找"。听这名字，你就不奇怪？它还具有猎头公司的性质，是的，我们在为开宝公司物色合适的人才。

余鱼的惊愕，像一片云朵，飘摇在他脸上的每一个表情。他嘟哝，怎么可能，猎到了我？怎么可能，你们看中我了？

现在乔娜镇定了，她感觉能把握接下来说话的每一个节点，她笑吟吟地看着他，点头说，看中并不等于确定，我也不知道你合不合适，但相信命运吧！还真的因为有人提及了你，所以我想把你作为我们测试的人才之一。

余鱼说，谁提及我了？我有这么好吗？

他想，这一屋子的人没人觉得我好吧，这世上还有人念叨我是人才？他好奇地看着面前这个女孩，想不起来在哪儿见过她。

乔娜说，林安贝，你还记得这个名字吗？

余鱼托着腮帮子，说，林安贝？

他在想。

乔娜说，开宝公司的林安贝。

哦。胖哥的眼睛里有光彩闪烁，他笑道，林安贝，小学同学，我记得，我记得。

乔娜对他点头，心想，他还记着，他一下子就想起来了。

她心里突然激动起来。好像有一种纯纯的气息，从他的反应中，像风一样从自己面前掠过去。这年头也可能只有同窗之间才会有这样的刹那反应。乔娜对林安贝当年的暗恋充满好奇和怅然，虽然面前这个大胖子一直让她有笑起来的冲动，因为与传说中的他反差实在太大，但此刻这胖哥听闻林安贝的第一反应，对乔娜产生了感染力。由此乔娜认定自己这一趟绝对该来，也认定安贝绝对该见他。

余鱼说，我们小学同学中，就她最有出息，我们都知道她现在是开宝公司的接班人，当年他爸可没发起来，后来他爸发了，她去了国外留学，再后来，我们只能在新闻上看到她了。我们同学中好像没人跟她有联系的，因为距离差得太远，层次差得太远，呵呵，那时候哪知道她家会做得这么大。

乔娜说，问题是她还记得你这个小学同学，夸你呢。

余鱼的圆脸上有喜悦和感动，他说，她还记得我，她还觉得我好，谢谢她，我也只是小学时候好。他对乔娜指了一下大办公室，眨了眨眼睛，轻声说，现在相当普通，挣工分哪。

他说，我还为她早忘记我们了。

乔娜说，哪里呀，因为她夸你，我才过来。

她站起来，对他说，好了，我先回去了，过几天我会跟你联系的。

乔娜站在餐台前，一个上午都憋着笑。她像掌握了时光秘密的女巫，心里有了关于他人隐秘的答案，而他人还茫然不知，那个乐啊。

当她想象着安贝第一眼看见大胖哥时的表情，她实在忍不住了，就趴在餐台上咯咯咯地笑了一会儿。虽然她还没想好怎么让他俩相见，但她已经乐不可支了。

鹿星儿正好从外面买了一篮水果进门来，见她这样，说，怎么了，中彩票了，找到男朋友了？

乔娜没理他。自从那天他送她回家后，他总是打趣她身价2亿，这样子可能要找不到男朋友了，嫁不出去了。

安贝也注意到了乔娜的异样，见他俩在说话，就在壁炉那边的沙发上问，怎么了？乔娜，有什么好玩的事？

这一问，让乔娜把头埋在了台面上，肩膀颤动，笑了好几分钟没停下来。

安贝走过来，拍乔娜的肩膀，说，好了好了好了，让我们分享一下。

乔娜抬起头，脸色绯红，说，我看见他了。

谁啊？

小鱼儿。

安贝眼睛大睁，叫了一声，真的？

她都忘了该抱怨乔娜怎么又插手自己的事了，因为此刻好奇涌动，本能反应，她追问：他怎么样了？真在报社上班？

　　乔娜瞅着她"嘿嘿"笑，卖了个关子，答非所问：好好玩哦。

　　安贝把手撑在餐台上，问，还帅吗？

　　乔娜眼睛里满是神秘，继续答非所问，我同学姐姐就是报社的，一问，一上门，就算认识了。

　　哟，你还上门了？

　　怎么不可以上门，我们不是还要给公司选人才吗？

　　安贝敲了一下她的肩膀，说，坏死了。

　　乔娜咯咯笑，说，选人才又不一定是林总指的"那个人才"，前天人力资源部的兰娟娟部长还真的让我帮着在CBD区域物色"大数据"人才，因为公司将塑造用户思维，要招人哪。你不是说，小鱼儿数学好嘛。

　　我什么时候说过小鱼儿数学好了？

　　呀，你说过的。

　　安贝没想跟她胡缠下去，这女孩是块牛皮糖，她已经领教了。

　　反正安贝此刻的心情还不错，好奇心也在作怪，小鱼儿居然还真的被乔娜发掘出来了，他现在怎么样了？

　　乔娜自觉闭嘴，关于余鱼的所有感受，她只字不讲了，只说，老大，你自己叫他过来看看呗，我都已经跟他打过招呼了。

　　安贝扬着眉说，叫他过来？

　　是啊，你们是老同学呀，而且他还记得你，我一提，他就想起来了，记得清清楚楚，说你从小就好看。

　　哎哟，那么小他知道什么好看不好看的，他可没说过我好看。

　　说了，昨天说了呀，不信你叫他过来，亲自问。

　　鹿星儿看见两个女孩今天好像有点欢乐，他端着盘子过来的时候，就问了一句：你们要叫谁来啊？

　　安贝和乔娜相视而笑，说，去去去。

　　乔娜心里一热，把玩笑开出来了，说，星儿，是老大的初恋，小学男同学，给我遇见了。

　　鹿星儿说，啊哟，那叫过来让我们看看，很好奇。

　　安贝笑得花枝乱颤，摆手说，什么陈年谷子的事呀，是想看我出洋相吧。

爱情课

十八、小学同学的安慰

她感觉到了他的憨态。她笑了笑，然后把他轻轻推开，就像推开了曾经的一个依恋。

星期四晚上九点半，余鱼编完报纸版面，上完夜班，骑自行车一路过来，寻找"正在找"咖啡馆。

　　刚过完新年，加上时间已晚，"正在找"咖啡馆里有些清静，没有客人，只有安贝、乔娜、鹿星儿在各忙各的。两位打工的大学生，乔娜已让他们回校去了。乔娜想，待会儿，这儿必须闲人勿入，保证怀旧该有的一切。

　　乔娜原本还想支走鹿星儿，但这小子被安贝留下来了。安贝冲着乔娜和鹿星儿笑道，别想得那么暧昧，就见一下老同学而已，避什么避啊，想八卦我呀？

　　乔娜和鹿星儿就逗她，好好好，"老同学"，别说得这么含蓄好不好？

　　安贝脸都红了，笑道，你们都得给我待着，不许跑开。

　　好，我们给你壮胆。

　　余鱼看到了"正在找"，他推门进去，感受到了咖啡馆里的温暖和空气中缭绕的咖啡香。

　　他看见幽黄的灯光下，散落着雅致的木桌椅，鲜红的圣诞花，青翠的松枝，有一个女人坐在临窗的沙发上，短发，月白色长毛衣，正打量着进门来的自己。

林安贝。

他试探地叫了一声。他从那女人的眼睛里看出了不解。他听见她在问：你找谁？

也就是在这一刻，他确定她就是林安贝无疑，因为她脸上还有小时候的影子，深邃的目光，硬朗的下巴。

而她绝对没看出来他是小鱼儿。这是毫无疑问的。她以为他是偶尔进来的客人。

但刹那间，她瞥见乔娜在餐台那边向自己抿着嘴示意着什么。于是她再仔细看他。

嗯？不是啊。她想。

余鱼见她没反应，就说，林安贝，我是小鱼儿。

OMG，她张大了嘴巴。

天哪，大胖子，他居然成胖子了。

如果事先让安贝预想一百种惊讶，她也想不到他会长成这样。

她定睛看，他眉宇间好像还有那么点过去的影子。小鱼儿，她对着他叫了一声，就控制不住地笑起来，然后就笑弯了腰。她知道这样不好，于是笑不成句地说，对不起对不起，你变成这样了。

余鱼见老同学笑成这样，他自己也跟着哈哈大笑。安贝心想，难怪乔娜昨天表情诡异，不停疯笑，原来如此啊。

安贝握余鱼的手，好胖的手哦。她说，别怪我，我怎么认得出来呀，小鱼儿，你吃什么了，怎么这么胖了？

余鱼脸上有腼腆的表情，说，我读高中以后，不知怎么了，喝水也长肉。

于是两人互相睨着，继续开玩笑。在他们之间，那些流逝的时光此刻仿佛在沙沙作响，它不仅改变了昔日的容颜，也在此刻消解了安贝曾经心动的感觉。安贝好像松了一口气。她发现从昨天到此刻之前，隐约的紧张好像一直藏在心里的一个角落里。现在没了。确实没了。这感受很微妙，没了，但那地方还有点暖烘烘。她让鹿星儿给老同学端杯咖啡过来，让乔娜准备些西点。

鹿星儿一边做拿铁，一边想着这人就是安贝暗恋的对象，就吃吃地笑。乔娜见他这么瘪着嘴在笑，感觉很逗，自己也就肩膀颤动笑起来，结果把一块芝士蛋糕切得歪歪扭扭。

这屋里的人都在笑，空气中被注入了幽默。

人一感到幽默，就轻松了，彼此间隔着的那些时光、差距、生疏，似乎没了影儿。安贝请老同学在沙发上坐下来。现在他们准备念叨那些老同学了。

鹿星儿端着咖啡过来。他把杯子往桌上放，今天他注定会出点岔子。果然，他手一颤，杯子斜了（他事后向安贝解释：想着是你的暗恋对象，我紧张呢。屁，安贝说，你故意捣乱。），咖啡倒翻了，洒到了余鱼的裤子上。

啊哟，余鱼跳起来，裤子上湿了一大片。

安贝跳起来，拿着餐巾纸，伸手就擦。

余鱼捂着裤子，说，没关系，没关系，一会儿就干了。

安贝、鹿星儿手忙脚乱地帮他处理，但咖啡渗进去了。

安贝说，脱了，用吹风机吹一下，否则等会儿回去，风一吹会受凉的，鹿星儿帮他脱了。

余鱼和鹿星儿尴尬地对视了一眼，余鱼说，不用不用。

安贝说，老同学嘛，没事。

乔娜已经拿了一块围裙奔过来，说，这个围上，挡一下。

余鱼腰间围着围裙，从卫生间出来。鹿星儿站在墙角用吹风机吹裤子。吹风机在发出"呜呜"的声音，这屋子里的欢乐在疯狂地堆积。每个人都在笑。各有含义，心领神会。这老同学的相见，真是喜乐多多。刚过了新年，透过窗户看出去，小广场上还留着圣诞、新年的灯饰，映衬着咖啡馆内的暖光，一个明亮的夜晚。

安贝和余鱼现在总算坐下来，可以好好叙叙旧了。

他们说了兰彩妮、小施施、张耳朵、李奶奶、小花花……

安贝说，小时候，你是多么乖啊，记得班主任陈老师最喜欢你，最偏心。

余鱼笑着点头，说，她是喜欢我。

她说，那时候，你不知道我有多嫉妒你。

余鱼笑着摇头，说，哪里哪里，现在你好。

安贝说，你知道吗，那时候，我们班大概有一半以上的女生暗恋你。

余鱼不好意思地看了她一眼，说，哪里哪里。

安贝看着他的大眼睛，真的看出了他以前的一丝影子。那时候，他长着一张机灵的白瓜脸，一个聪明的小男孩。

她说，那时候我只要跟你多说几句话，班长张美琪就会威胁我，不许我跟你说话。

余鱼笑，说，张美琪？哪里哪里。

他憨憨的脸庞，已没了英俊小男生的痕迹，安贝突然有些难过。她说，我记得你小时候动不动就流鼻血，别的男同学一碰你，你就流鼻血。

余鱼说，现在不流了。

安贝说，那时候你一流鼻血，我就用纸巾给你擦，你像一个无助的宝宝一样仰着头，那样子我现在还记得。

余鱼笑着点头。

安贝瞅着他，感觉又生疏又熟悉，像面对一个失散多时、面目全非的兄弟，在找回记忆的线头，而情绪则是清澈的平静，曾经有过的甜丝丝的少年记忆此刻全无踪影，就像掠过青青大树的风，一去不返。是的，这时光，这变化，令人恍惚，又那么逼真。

安贝看了餐台那边一眼，感觉乔娜、鹿星儿竖着耳朵在听这里的言语。他们见她看过来，就向她吐舌头。可笑的是，鹿星儿手里还拿着那条已吹干了的裤子。

安贝向他俩挥挥手，他们就伏在餐台上咯咯咯笑起来，像一对搞怪的猫咪。这差点让安贝再次笑场，于是她说，你们两个，今天给我早点回去。

乔娜、鹿星儿向她做了"OK"的手势，就将咖啡馆打了烊，熄了一半的灯，先撤了。

现在，这咖啡馆里只留下安贝和她的小学同学。猫咪胖宝已经睡了一觉，现在醒了，它走到了安贝的沙发边，仰脸在看她的小学同学。铃铛不知待在哪个角落里，最近它情绪有点不安宁。安贝准备再坐半小时就走。

当他们把记得的老同学都谈论了一遍之后，安贝终于问余鱼成家了没有。

他胖乎乎的脸上浮现了腼腆，说，没哪，我这个样子，有点难。

安贝安慰他，会有的。

那你呢？他问。

安贝淡淡一笑，说，和你一样，还没呢。

空气里稍稍升起了一点局促，他想消解它，就说，我爸说了，人就是这样的，有时候觉得自己啥都没有，但哪天早晨一觉醒来，睁开眼睛，会发现什么都有了，老婆、老公、孩子、房子……

呵，那么我们就赶紧闭一会眼睛吧。安贝说。

他笑了，圆圆的脸膛显得很慈祥。他说，你这样的条件，如果想找，那是随便挑的问题。

呵，如果钱真能解决问题，那就不叫问题了。她心想，但没说话，只是轻轻地摇头。

余鱼就伸手过来，握她的手，轻声说，会有的，安贝，开心第一。

他眼睛里有灵气闪过，他还是聪明的，没问她不便言及的纠结，也未必清楚她的状态，但这个冬夜，他送了一句"开心第一"。

二十年前做小同桌、暗恋他的时候，可没想到二十年后会像现在这样怀揣着各自的惘然，坐在一起互相劝慰。安贝想。心里有暖意升上来。窗外小广场空蒙一片，宛若刚开始的这一年尚不清晰的走向。但愿这岁月还有时间让我们遇到更好的人吧。于是她指了指新年的街景，说，好啊，咱们加油。

接下来，面对这富家女生，他的拘谨有些过去了。他说，有合适的记得介绍给我哦。她说，好啊，好啊，你喜欢怎么样的？他有些支吾。她笑，心想他小时候的顽皮劲儿去哪儿了。她说，你得瘦一点下来，喂，说呀，你喜欢怎样的女生？

她希望他说自己吗？所以又在问他了。那可是她小时候幻想过无数次的。虽然现在她对他感觉全无，但她心里的那个小女孩好像还想听。他脸上又升起了腼腆。他说，刚才那个女孩，就是去公司找我的那个女孩挺好的。

她笑了笑，说，哟，乔娜呀，你喜欢辣妹？只是她不是太合适哦，你得找一个温顺的，当老婆嘛。

接下来，与多数男生一样，余鱼更多的谈兴是工作。

他说，在报社工作越来越累，因为受新媒体冲击，看报纸的人越来越少，如果一份工作不被人关注，做的人只会感觉更累。这两年报纸发行量下滑，所以每个人都有订报的任务，这是自己最头痛的事，因为做编辑的整天呆在办公室，又不在外面跑……

他还说，那天乔娜找我说开宝公司需要招人，不知你们看好我哪一点？

安贝拍拍他的手背，笑了笑，嘿，我们需要的是搞大数据的人，你做的是文字工作，乔娜有点搞错了，因为我说起过你小时候数学好。

余鱼胖胖的脸上露出了笑，他扬了扬眉毛，说，没事没事，老同学在一起工作也未必好，每天在一起说不定看着就烦了，最后连朋友都没得当，呵呵，还不如偶尔碰到，还有一个念想。

她问他刚才说的订报任务具体每人多少指标。他说，要完成200份报纸呢。她说，那我给你订吧，我们开宝公司订个200份。

他看着她，睁大了眼睛，说，那怎么好意思。

她摆摆手，站起来，说，谁让我们是小学同学嘛。

他说，我运气真好，今天遇到了你，小学同学。

他们走到门外告别。外面是空旷的小广场、灿烂的灯火。安贝伸开手臂，说，拥抱一下，然后拥抱了这个胖同学。

她感觉到了他的憨态。她笑了笑，然后把他轻轻推开，就像推开了曾经的一个依恋。

安贝回到咖啡馆，抱着胖宝又坐了一会儿。她想，这是好玩的一晚，那个俊秀的小男生变成了大胖子回来，就是为了告诉我这个吧：哪天早晨醒来，睁开眼睛，你会发现什么都有了，老婆、老公、孩子…

她相信命，所以她猜想与他重逢这事儿有机缘，什么事发生都有它的理由。呵，人人都在过日子，安贝，别太执拗，心中所难受的、所焦虑的、所无措的，它终会消失，就像少年时代的依恋，消失只需一瞬间，那么就开心第一吧！笑起来吧！

爱情课

十九、"嘀嗒"，爱情发生，只用一秒钟

她扭头看了看鹿星儿，他正在打量自己。那眼神让她
恍惚了一下，因为那里面的怜悯让她突然听到心里
"嘀嗒"的一声。

这个夜晚的喜乐，也感染着乔娜和鹿星儿。

他俩被安贝打发离开"正在找"后，乔娜坐在鹿星儿自行车的后座上，去地铁站。她的小POLO最近被开宝公司调回去检修了。

自行车沿着灯火灿烂的街道奔跑，冬风掠过脸庞，乔娜轻敲了一下鹿星儿的背，说，喂，你可别变成胖子。

鹿星儿在前面"嗯"。他在想心事。

乔娜说，你想什么呀？

他说，你们真的就这么难？

乔娜知道他指的是什么，就说，哟，你有什么好得意的？

鹿星儿说，没得意，看着这么难，还真的就不知怎么使力了。

乔娜正想回话，突然听到了钟声在夜空中传响。

乔娜说，教堂，这边有一个教堂，我知道这边有一个教堂，但我还从来没进去过。

鹿星儿说，我也没进去过。

他们透过街边已落叶的梧桐树枝，看见了教堂的灯火。在冬夜里，那边有隐约的人声。于是他们决定进去看看。

教堂内，暖黄的灯光照耀着空旷的空间，长椅上稀疏地坐着一些人。有一位老者在前面讲话。乔娜在门旁边的一张长椅上坐下来，鹿星儿在四处观望。

因为空间宽阔，话筒音响效果不太好，乔娜听不清老者的言语。她闭上眼，想分辨那些字句，还是听不清，但他平缓的语调又仿佛使每一个字都落在了心里，让人舒服。估计是在讲做好人的道理吧。乔娜闭上眼睛，心想该许个愿，在这儿。

乔娜睁开眼睛时，发现鹿星儿站在廊柱旁，在向她招手。于是她走过去。他对她说，我发现地下一层还有一个许愿室。

他们走到了地下一层。呵，满墙的心愿纸条，应该是圣诞节时人们留下的吧。

鹿星儿一张张看过去。而乔娜走到了屋子中间，心想，也在这里许个愿吧。

她闭上眼睛，把手放在胸前。她在心里说：

保佑我爸的肺病不再重起来。

保佑我一切都好。

保佑我能为安贝找到男朋友，这样我就能有一个工作了。

保佑我自己找到男朋友。

……

乔娜睁开眼睛，发现鹿星儿站在心愿墙边，又在向自己招手。

乔娜走过去，鹿星儿向她指了指墙上的那些纸条说，你看看。

乔娜凑向它们，仰脸一张张看过去。乔娜突然心跳起来，"给我一个男朋友吧""给我一个老公吧"……成百上千的女孩把心愿挂在了这墙上。

她们像在墙上呼唤。映衬着暖黄的灯光，呼唤像浪涛一样席卷。乔娜捂了捂耳朵，因为声音越来越大，好像要涌到面前来了。

她轻轻叫了一声，哦，天哪。

她扭头看了看鹿星儿，他正在打量自己。那眼神让她恍惚了一下，因为那里面的怜悯让她突然听到心里"嘀嗒"的一声。

情感的发生一定是在一秒钟之间，就"嘀嗒"那么一声。在后来的日子里，乔娜回想这一刻，每每觉得不可思议。

鹿星儿向她点点头，那张清秀的脸此刻透着善良。

她向他摇摇头，意思是调侃这些纸条好逗啊。

鹿星儿又去阅读另一面墙上的纸条，他微微皱着眉，神情专注，那样子是好心肠的兄弟。她发现自己喜欢他温暖的背影。刚才在自行车上时就喜欢了，是吗？她想，我怎么了？心里的依恋在这夜晚的许愿室里涌上来。她有些惊喜，也有些慌张。她走过去拍拍他的肩膀，说，你不在这儿许一个愿？

他回头，笑笑，也走到屋子中央，闭上眼睛，许愿。她看着他，认定了这就是暖男。她希望他许得久一点，但他一下子就结束了。

她本想问他，你许了什么愿？但没问。

乔娜再次坐在鹿星儿自行车的后座上，往地铁站去。

她把脸贴在他穿棉夹克的背上，说，太冷了。她说，你是不是又得意了，看到那么多女孩找不到男朋友，就觉得你们男的很俏？

他笑了一声，说，没有啊。

那就没一点感受吗？她用头靠了靠他的背。

他说，难的难，容易的容易，最难的是像你们这样的。

为什么？

他说，高不成低不就，其实就是不甘心。

她笑道，没说出什么新东西嘛，这谁都知道。

他就不吱声了。她感觉他又在想心事了。

她说，喂，你是不是可怜我？

他说，啊？没呢，怎么会？我觉得你们很勇敢。

他跳下车，回头看着她，说，真的，勇敢。

她咯咯笑起来。她想不到他会这样说。呵，勇敢？她看着他温良的眼睛，说，要说勇敢，咱们老大才真勇敢。

心动何以这样骤然发生？乔娜想，是因为这一夜有先前的逗笑堆积，还是北风太冷，或是他的棉夹克太暖，还是教堂的灯火，还是那老者的平和语音，或者满墙的纸条，以及他眼睛里的温暖……当它们簇拥而至时，心动就发生了？但在之前，跟他并没有太多互动，甚至还低视他，跟他较劲。情感的这一秒钟太不可思议。她追忆那玄奥的"嘀嗒"声，想不清心理的动因。也可能这半年来替安贝"阅男"无数，看多了人在多金之后的麻烦、累心，于是在潜意识里喜爱平和、单纯，并以此为菜了？

乔娜怎么想，那是后来的事。但此刻，这是一个喜乐的夜晚。因为它串联了逗乐、幽默、出糗、许愿甚至传说中的暗恋，以及真的暗恋。

这一夜乔娜入睡后一直在做梦，她在梦中骑车飞奔，还在一个广场上放风筝，风筝上挂了一张巨大的纸条：给我一个男朋友吧。后来，她和鹿星儿在草坪上开始争论一个问题，争着，笑着，打趣着，天亮了。

乔娜睁开眼睛，听着窗外的车声，心想，梦里我们到底在争论什么呢？

回想不起来了。而感觉中，经过梦里的这番争论，他变得更亲近了，亲近得就像他那件棉质的夹克。

爱情课

二十、汇报

乔娜告诉他，有进展的是自己和她的关系，而她的大事还没进展。

乔娜坐在林毅行老总的办公室里。林总在问她最近安贝这边有没有进展。

乔娜告诉他，有进展的是自己和她的关系，而她的大事还没进展。

林总摇头道，我安排去的那些人选，她一个都不中意，你说，他们就那么不可取、那么差劲吗？

乔娜说，好像还真的不可取，他们一走近她，就变得怪怪的。

乔娜心想自己说的是实话，他们一走近她，就像好斗的小公鸡，或像爱炫耀的小孔雀，或者像滴着口水的小哈巴狗……也可能，这就是钱的压力。

林总揿了一下打火机，点了支烟，自语道，那怎么办呢？一年都快过去一半了。

乔娜眼睛里有茫然。最近这一阵她心里雾蒙蒙的一片。

林总说，我再想想办法看吧，你也动动脑筋。

鹿星儿晚上回到家，已过了11点。

他听到手机"咚"地一响，知道是微信来了。

他打开一看，果然是他，林总。

"最近照片较少、汇报较少，她还好吗？"

鹿星儿赶紧回：好的，最近她挺开心。

鹿星儿赶紧发了几张安贝与小学同学余鱼聊天的照片，她在笑，她笑弯了腰，她端着咖啡杯还在笑，她给穿着秋裤的余鱼系围裙……

那边回过来：他，谁？

鹿星儿回：小学同学。

那边问：她喜欢他？

鹿星儿回：是的，这是她的暗恋，他们说的。

那边回：他是干什么的？

鹿星儿回：媒体人。

那边回：是高管吗？还有，就是太胖了。

鹿星儿回了一个笑脸：哦，没那个意思，现在没那个意思了，现在只是老同学。

那边回：怎么会暗恋一个胖子的？

鹿星儿笑得手都在颤动，他回：那是二十年前，叔叔放心。

那边回：她笑成这样，也是不多见的。

鹿星儿回：最近她是比较开心。

爱情课

二十一、愈心痛，是愈爱恋

乔娜心里有隐痛的感觉，因为她看着他们突然有些心烦了。

是的，安贝最近在明亮起来。除了她的脸色、衣装之外，她的言语、待人接物的热情度也在一点点提亮色彩。

乔娜和鹿星儿都注意到了这点。

小广场上吹的风已经有了暖意，春天转眼就来了。那些玩轮滑的小朋友又出来了。

安贝的心情之变，与那个小学同学的来访有关吗？可能是，也可能不完全是。每个人的状态其实都有起伏，哪怕再纠结的阶段，也不可能没有变化的旋律。对于安贝来说，虽然"间隔年"已过去了一半，但其实想想，除了老爸要求的找对象尚不靠谱之外，其他的也已基本符合心愿：从小就梦想的咖啡馆办起来了，开家小店的滋味也算尝过了，"正在找"经过草创期的博眼球，现在有了自己的调调，还算优雅，业绩也不错。此外，自己的工作节奏也比在开宝时慢多了，两个员工尤其乔娜，也听话了不少。总之，想想，应该还不错。胖同学余鱼不是说了吗，开心第一，是的，开心是自己的。

安贝对乔娜和鹿星儿说，我想跟老同学兰彩妮去一趟清迈，这咖啡馆就交给你们了，我一周以后回来。

安贝拉着一只旅行箱，里面装着花裙、太阳帽、防晒霜、泳衣走了。

乔娜把下巴支在餐台上，看着安贝的背影，心里也多么想走出这间咖啡馆。因为这些天，心里涌动着的隐秘情绪让她难受。

是的，这个春天乔娜陷入了低潮。虽然看起来，她依然妖媚夺目，爽利轻快，但只有她自己知道心里的忧愁在日益深重。鹿星儿的身影在眼前晃着。他端着盘子，他扫地，他拿着手机拍照，他看着手机闷闷不乐地想心事，他温和地对客人说话……他牵动她的视线。她的暗恋在弥漫。她想不清楚该不该言说，以及如何言说。她怀疑自己是不是在发昏，他好在哪里？就是两个星期前也没觉出他能好到让自己情感强烈到如此。

我这是怎么了？她盯着地板上两只猫咪胖宝和铃铛，它们各顾各地溜达，都大半年了，铃铛依然不让胖宝走近。

她一向引以为傲的脑袋在飞快地追究情感发生的逻辑。想着想着就有些委屈。她也说不清在委屈什么。就她的"行动派"个性和聪明，早该火辣出手，一举拿下。但问题是，这一次她还真的没动。所以她想，完蛋了，这一次是真的了。

这是暖男的致命之处吗？你开始不会觉得他好，但一旦觉得了，就心碎了。她想。

她悄悄地打量他，心里爱恋与忧愁交错，她甚至嫉妒起他能被自己喜欢。

于是，当CBD写字楼的白领男们进来向她献殷勤时，她就搔首弄姿，夸张逗笑。她想让他吃醋吗？她瞄眼过去，他好像没看见，他在收拾桌子。今天他换掉了棉夹克，穿了一件青色的毛衣。

她不知道他有没有察觉到自己对他的波动。这样的猜想让她心猿意马。

有天上午没有客人，他坐在窗边吹那支短笛。听着听着，她说，嘿，你真的准备在这儿做下去？你研究生，就安心做个服务生？

他扭头看她，轻轻地摇头，好像嘟哝了一声什么，没听见。

阳光和窗台上的迎春花，映着他英挺的脸。这是最好的时光。

她对自己说，把他拉过来，拿下。

她好像看见自己"啪啦"一下把他拉过来，掉进了自己的坑。解决，拿下。

自己的坑？

自己的家，父亲的病，自己无着落的工作……她突然觉得心疼和自卑，这个坑，让她心疼，也对心爱者心疼。

她微微地摇头。拖累会让人心疼。拖累也解决不了任何问题，自家的问题，以及他的问题。于是她看到了无奈。

这是她真正的纠结。她想，完了，真的是爱上他了。

她对自己说，不，Stop。

她看见鹿星儿放下笛子，在看手机。他看了好一会儿，显然在想心事。

她走过去，给花浇水，问他，你怎么了？收到谁的短信了？

他下意识捂了一下手机，说，没。

没？她笑了笑，说，我刚才听到"叮咚"的一声。

有一个娇小的长发女孩站在咖啡馆门前，正仰头看招牌。

乔娜透过玻璃门看见了她。

长发女孩走进来了，问，鹿星儿在吗？

乔娜打量着她秀丽的脸，很小巧的巴掌脸，大眼睛。

他刚抱猫出去晒太阳了。乔娜说。

晒太阳？女孩笑道，他怎么那么悠闲，你打个电话给他，说我来了，我叫小麦。

乔娜感觉到了她柔弱似水背后的硬质地。乔娜说：你跟他没约过吗？如果约过，他就不会出去了。

女孩没吭声，她在看乔娜头上的咖啡菜单，说，我要一杯卡布其诺。

乔娜给鹿星儿发了一条短信："有人找，小美女。"

鹿星儿抱着两只猫进来，一眼看见了前女友坐在那里。

鹿星儿背对乔娜，一直在跟长发女孩说话。乔娜看不见他的表情，但看得见女孩的反应。那女孩的脸上有愁绪，有悲哀，还有执拗和迷糊。搞什么啊。乔娜心里的情绪又上来了。这些天她遏制着它，但当长发女孩走进这里后，她发现它在迅速滋长，让她头晕。

这期间，有几个客人进来。乔娜一个人张罗，动作有点慢。那两个打工的大学生上午一般有课，不过来。于是，乔娜对那长发女孩有了意见。她想，她不知道他这是在上班时间。

于是，乔娜大声说，鹿星儿，那边的桌子你理一下。

鹿星儿走过来拿托盘。他注意到了乔娜的不快，凑近她的耳边说，不好意思，是我以前的女朋友。

哦。乔娜瞥了一眼他局促着的脸，嫉意刺痛，嘴里说，找你怀旧？

他别扭地笑，说，她下周要结婚了。

乔娜埋头继续做咖啡，说，别是改了主意，准备私奔吧。

他伸手去拿案头的抹布，轻声道，哪里，是为了告别。

为结婚前来看你一眼？小资。

他看着她，说出自己的想法：这样不好，对她不好，因为这让她心烦意乱了。这样说着话，觉得很沉重。

她说，这是婚前综合征，你以为她是真的？

他说，她就是这样一个人。

她说，那你把她早点打发回去，都要结婚了，得进入状态。

他说，嗯，我不想让她觉得负了我。

她说，切，她这样才是负了你，其实是为了刺痛你。

他轻轻摇头，说她就是这个性格，总是把自己搞乱。他像个无辜的男孩，脸上是一派无措。

乔娜说，你先过去，看我怎么把她哄走。

乔娜端着一块芝士蛋糕走过去。

哎哟。她把蛋糕放在他们面前的桌上，手臂环住鹿星儿的肩膀，说，星星，你的老同学你也不介绍介绍。

然后她在他们身旁坐下来，冲着长发女孩笑，说，嗨，我是乔娜。

女孩有些惊愕，向她点头。

乔娜把桌上的蛋糕推向女孩，说，我，是星儿的同事，兼女朋友。呵呵，先同事后朋友，上了半年的班彼此搭上了。她一边笑，一边扭头给鹿星儿一个媚眼，把手掌放在他的膝盖上，压低声音告诉女孩，今天老大不在才透露，要是老大知道咱俩闹办公室恋情，那我和他必须走一个，乖乖。

女孩脸上有尴尬。她向乔娜点头，说，哦。

乔娜用手臂搂过鹿星儿的脖子，把他往自己这边拉，她看着长发女孩说，星儿从不交代他在大学里谈没谈过恋爱。嘿，他声称没有，他真的这么纯吗？

女孩笑了笑，点头说，很纯的。

乔娜心里有隐痛的感觉，因为她看着他们突然有些心烦了。

鹿星儿脸红了。

每到乔娜心乱的时候，她总是让自己声势上来，风情万种起来，以此让自己挺起来。她对女孩眨眼，伸手轻拍了一下鹿星儿的脸颊，说，我感觉他是要人宠着的，我喜欢的就是这一款。反正你们是老同学，你们老同学放心好了，有我乔娜在，你们这位星儿同学苦不了。

长发女孩吃惊地看着乔娜，那夸张、强势的声势已将她震了，原先的怀旧多愁心绪被轰到不知哪个角落里去了，她都来不及应对这女招待的气场，她嘴里说，放心，放心。

乔娜扭着腰肢去餐台那边给女孩拿湿纸巾，然后逶迤而来。她对女孩说，我和鹿星儿在这儿，其实是在休"间隔年"，你知道"间隔年"吗？

那女生说，好洋派，我不太了解。

乔娜再次伸手把鹿星儿的脖子往自己这边拉，说，"间隔年"，其实就是修心，让太累的心灵稳妥下来。她咧嘴笑起来，用一根手指划了一下这屋子里的所有人，轻声告诉长发女孩，其实每个人都有这种需要。她转过头，对鹿星儿说，嗨，结束这儿的工作后，答应我一起去马尔代夫。

鹿星儿有些脸红，弯着手想挣脱乔娜的手臂，他点头，说，好的好的。

后来长发女孩站起来，对乔娜和鹿星儿说，我来这儿是出差，明天就回去了，下次你们来北京找我玩。

她拉着自己的旅行箱，鹿星儿将她送到了门外。她对鹿星儿说，挺好的，这么个开心果，怎么像宋丹丹似的，蛮可爱的，一定超能干，我走啦。

鹿星儿回进咖啡馆，看见乔娜已在餐台上忙乎了，他想对她说点什么，但发现她突然冷若冰霜。

 爱情课

二十二、爱情EMBA

这屋子里的人，人人混充背景神秘。人人都在微微笑，半开半合着自己手里的牌，张望别人，资源整合。

一个星期后，安贝从清迈回来，人晒黑了一圈。

她走进咖啡馆时，乔娜在泡制咖啡，鹿星儿在洗杯具，花瓶里的百合在飘香，阳光从东窗照进来，猫咪铃铛坐在窗台上……

她微微笑了笑。这里的一切与她走时一样。她心里有安定的感觉。她深吸着咖啡的香气，对这屋子说，嗨。

乔娜和鹿星儿看过来，说，老大回来了啊，好玩吗？

她一边回答他们，一边寻找胖宝。其实胖宝被关在里间。鹿星儿告诉她这两只猫咪最近几天不合，所以必须分开。乔娜向空中甩了甩湿淋淋的手，对鹿星儿撇嘴，说，我可没发现它们不合，不是和以前一样吗？

乔娜穿着一件桃红的毛衣，鹿星儿是青蓝色的卫衣，相映得餐台周边全是春天的光泽。安贝说，这几天两位辛苦了。她看见他们对视一眼，一起咧嘴向她笑。赏心悦目的撞色，浮升于这屋里的背景之上，仿佛沙沙沙地发着微弱的电力。安贝环视店里，感觉空气里有一些闪烁的、情感的东西。她一下子觉不出那是什么，心里有些晃动。

安贝告诉他俩清迈有许多美丽的庙宇，精致的酒店，休闲的餐厅……安贝说的都是风景，可没说自己在旅途中的心情。事实上，当她出门在外时，念想得最多的居然是家里，以及这里。人就是这么没用，劳碌命就是劳碌命，那些还没稳妥的事，在遥远处、在清静中反而栩栩如生地浮在面前，这使悠闲也变得易碎了。

是的，当她坐在热带灿烂的阳光下感受安闲时，安闲并不纯粹，更何况，让她怅然的是，就是这样的安闲再过没多久也将结束了。

这"间隔年"已过去了大半，她想着它的开头，仿佛来自一场赌气，她想着老爸劳累苍老的脸，想着家里人的心事，想着此刻咖啡馆里的情景，想着几个月后自己又将回到爸爸隔壁的办公室……当空间有了距离，当周围静下来，她清晰地听到了时间的流动声和自己心里的急。是的，她其实也急。她晃悠着的不急表象、鸵鸟姿态，以及诸如"找得不好，以后也是要离婚的"等说法，其实是自尊、无措，以及对家人强势、主观、焦虑的不耐烦。我们说过安贝其实是个听话的小孩，她每一场倔脾气，其实也都带着些许对老爸的歉疚，她只是想透一口气，她知道自己还会忍的，否则干吗要透一口气呢，你们就不要催了，她已够烦心。她是知道理性的，虽然它不是太有劲，但她懂的。并且，她遗传了这个家族血液中的劳碌基因和忧心惯了的性格，所以对自己日益而增的婚嫁难度不是没有认知。所以，在清迈的热风中，在庙宇的静坐时分，她劝解自己心底的焦虑和空茫，她为自己许愿，她想着"间隔年"里已经过去了的那些时光，她认为自己还是有所获取。即使开始时自己最不中意的那个奇葩乔娜，也多少从她身上学到了一些"Open"的东西，人一Open，就会没什么了不得，就会有效率；而那个大男孩鹿星儿的温和、勤快，以及他照管的那两只猫咪，也让她心烦意乱时有了"治愈系"。当然这样的收获，在老爸乃至全家人眼里，还没直奔主题，那么主题呢？在清迈的某天早晨，她在泳池中仰脸透过棕桐树的枝影看着天空，心想，如果当作高考冲刺，在接下来的几个月里，冲一把，Open一场，是不是可以冲关、改变，遇到一些有趣的人？她想起小学同学小鱼儿的话。要不闭上眼睛冲吧，待睁开眼睛，就什么都有了。前一天她在白龙寺许愿时，还给这胖同学许了愿。

这是安贝出门一趟后心里的感受。其实这感受也有点混乱。安贝当然不会对人言说。

此刻她看着面前的乔娜和鹿星儿，只告诉了他们清迈的慢生活风情，她环顾了一眼咖啡馆，说，你们独当一面，我就放心了。

鹿星儿已为安贝泡了一杯奶茶，递给她。

安贝拿起杯子，看看奶茶的水色，笑笑，说，对我很体贴啊。

安贝从清迈归来的第三天，告诉乔娜和鹿星儿自己准备报名蓝海商学院的EMBA。

她说，老同学兰彩妮建议我去读，混一些圈子，以后做文创项目需要人脉，这店里的事你们就多操心点。

乔娜眼睛都亮了，她想，哟，我也想去。

是的，她也想去。

这些天，在这间咖啡馆里，乔娜随风起舞的情绪常让她不知所措，虽然她对自己说"Stop""Stop"，将它们强按下去，但过了一两天，在某个间隙，它们又会像鱼一样浮出水面。比如，当他吹笛子时，当他蹲在地上对猫咪说话时，当他刷着手机屏好似出神时，当他支棱着眼睛对她微笑时……她心里的爱恋会像水汽一样升起来。

所以，她想从这里走出去透一口气，认识一些别的人，转移开自己的心绪，哪怕只转移开一小会儿，没准就会过去。她想，这感情没准是幻影，是自己的心愿对于他的投影，他未必真是我喜欢的"他"，所以，现在最好的办法是走出去，做一些别的事，比如，跟安贝去读EMBA。

是的，乔娜在心里对自己说，我得去。

于是，她对安贝冲口而出，EMBA，我也去。

鹿星儿揶揄，你？学费很贵的。

安贝看着乔娜直愣愣的眼睛，像波斯猫一样放光，心想，这女孩脑子里恐怕又在转老爸交代的"作业"了。

安贝本想拒绝，但乔娜那直愣样，又让她觉得有些逗。安贝就笑道，看你这半年业务做得这么好，就给你报个名吧。钱吗，反正你本来也该拿提成了，那就用在学费上吧，算你有志向。

乔娜去蓝海商学院为安贝和自己报了"文化创意产业EMBA总裁班"。

一周以后开班。

两个女孩准备一起出发。

乔娜对安贝穿的灰色小西装较为不满。她说，哟，怎么可以穿成这样？

这不好吗？

也不是不好，就是不对。

乔娜弹了弹安贝的衣袖，说，读这个书也是为了交朋友，面对一堆新同学，得来点冲击力。

安贝当然知道现在读这个EMBA，也是为了去交朋友的。其实，今天她也已细细地化过妆了，小西装是香奈尔的，蛮好看的。安贝看了一眼乔娜，她上身粉色羽毛装，下身配黑色小短裙，这样走进教室，是蔡依林来了？安贝都想笑了。

虽然安贝觉得自己这身衣服挺好看的，但乔娜不停地摇头则让安贝没了自信。女人都是这样的，对自己身上的衣服，本质上是不太有自信的。更何况乔娜说"老气"。于是安贝犹豫了。乔娜飞奔回家，从那堆从批发市场买来的衣衫中，挑了一袭袅娜藕色长裙，外带一块紫色丝巾。

她奔回咖啡馆，把它们往安贝身上披。她劝安贝，别看没牌子，那些男的有谁会凑到你面前看这是什么牌子，即使凑到面前来，他们哪懂这个。即使他们中偶尔有个奇葩懂，那你就编个英文名，说，是设计师个性品牌呗。

她推着安贝转了好几个圈，说，好，要的就是柔美。

乔娜认为她俩会像下凡的天仙，出现在EMBA总裁班里，让那些高管、土豪看晕过去。

但没想到，还有更美的天仙降临。

有两个甚至穿着公主裙、蛋糕裙来了。

哎哟，是电视剧里露过脸的锥子脸明星、主持人呀。真的风情逼人。她们消息真灵，也发现了蓝海商学院是块宝地，以为这里王石出没哪。

尤其是那个锥子脸三线明星，风姿绰约，美目盼兮，有些男人开始搭讪、凑趣。安贝都想逃了，她感觉自己好丢脸，坐在这里，因为她们的存在，那个目的性好像也写在了自己的脑门上。安贝解下丝巾，晃晃头，像是把那些男人的视线晃开去。她想，这是什么地方呀，有股妖气。她就竖起耳朵去听老师的授课，发现他讲得还不错，她就开始记笔记，让自己红透了的脸色淡下去。

乔娜当然也感受到了明星的冲击波，她们就像小灯泡一样，熠熠生辉。她看着她们，心想，专业水平，到底是专业水平。

但，乔娜的时间可不是用来研究小明星的。

课间休息，乔娜在扫视男同学，她发现了几点：土豪不少，官员亦有，已成家的为多，风度气质容貌寻常的不少，平庸脸云集，油嘟嘟地散发着油豆腐气质的不少……她的眼光像筛子，淘了一把下来，看着舒服的，看得出没成家的，寥若晨星，OMG。

乔娜心一急，笔帽就掉在了地上，滚开去了，她赶紧俯身去找，结果在课桌下遇到了另一双正在捡它的手。

哦，谢谢。乔娜说。那人起身，对她笑笑，把笔帽还给她。乔娜愣了愣，哟，这个坐在前面的，还行。

那人问她，也搞文化产业？

一双眼梢微微挑起的眼睛，很有神。

乔娜巧笑倩兮，嘿，说不上，有点混搭呗。

他有些好奇。而乔娜在研究他的年纪。同时她瞥了一眼坐在第一排最左侧的安贝。这林姑娘正低头在看刚才发的一堆书，这有什么好看的，回去看不就得了，现在你该回头，向其他同学笑一笑。

前面的男同学穿着灰色的西装，儒雅、机灵，他笑着的样子，也有点暖男的意思。

盯着这个暖男，能帮助乔娜超度心里的愁绪吗？她想，咖啡馆里的那个大男生有什么好的，温和无力，有什么冲击力呀？

上课时，乔娜将视线停留在他灰西装的暗条纹上；下课后他总是转过头来跟她聊天。他声音悦耳，用词书面，说话时眉毛也在说话。并且，乔娜已经知道了他是一家网络公司的年轻老总，叫李破空，名校毕业，个人创业，涉猎网络地产、网络金融业，势头正健。

乔娜从李破空每节课后回头跟自己聊天的频率，以及他眉宇间的神情，知道自己的魅力也在放着光芒。有一天，当那个锥子脸三线明星走过来跟他说话时，乔娜高兴地看到他居然没怎么理她，因为他在对自己说，哪天我请你来给我们的员工讲讲用户思维，像你们做服务业的，对此最有感受力。

乔娜放眼这间屋子，没人有他的光彩了。

她想，也只有这个人比较超群。

她在比较自己对于李破空与那个大男孩的喜欢度，心里却有隐约的痛。她好像看见鹿星儿有点像棉花堆，本白、踏实而软暖，而坐在前面的这个李破空，像水波，灵光闪动，感觉优越，但也有些看不透底。

她想，安贝看得透吗？

显然你已经注意到了，这时的乔娜立足点有些紊乱。她这是在审美移情？还是在为自己钓金龟？还是依然牵绊于为安贝"猎人"的心结？是啊，安贝就坐在第一排的左侧，她的孤单就是乔娜的使命。

其实，乔娜心里的混乱，有些难免。这大半年来，乔娜在"阅男"无数中，也时常有类似的角色混淆。同样是单身女孩，同样怀春，尤其当乔娜尽职地为安贝"猎人"时，她习惯了以后者的高度、视点去甄别那些男人，这常使她产生代入感。于是她常常不由自主地在"她我"与"自我"之间穿梭，有时，乔娜引领着自己看着舒服的男生，向安贝走去时，心里有隐约的失意，好像后者即将拿走自己中意的东西，当然，也有成就感，看，怎么样，我又发掘了一个好的。这是一份多么奇葩、错乱的工作啊。

而这一次，乔娜这种迷失感更为强烈，因为她想转移自己郁积的心绪，想快速收拾一下自己正趋向凌乱的日子。于是她在混乱中，心里更为烦乱。

乔娜问安贝，班上的那些男生，你觉得哪个看着舒服点？

安贝支吾了，然后笑道，好像坐在你前面的那个好一点，我看见你经常在跟他聊天。

乔娜心里有风吹过，她抱着胳膊，问，呵，李破空？

安贝说，你觉不觉得，他有点像年轻时的赵文瑄？

有这么帅吗？

乔娜想到了"猎人""猎头"的职责。自己把这事忘了吗？于是对安贝说，那么，要不要我去探探？

呵，安贝挥手翻了一下乔娜的手腕和胳膊（小时候林毅行请师傅教过她太极）。安贝笑道，又来了，不用你去探，要探，我自己会去的。

乔娜甩开她的手，冲她笑笑。

乔娜知道安贝虽然这么说，但其实永远不会去。

乔娜还知道如果自己去牵线，她其实不会生气，因为她也觉得他不错。

乔娜看着李破空的西装背影，现在他换了一件咖啡色休闲装，上面有暗红色的格子，这使他显得更为洋气。

当他在课间休息时又一次把头转过来，乔娜说，嗨，李总，我给你介绍一个女孩，喏，就是坐在那边的那个短发女孩。你知道她是谁吗？我上司、海归丽人、高智多金。她眨了一下眼，说，背景神秘。

这屋子里的人，人人混充背景神秘。人人都在微笑，半开半合着自己手里的牌，张望别人，资源整合。

李破空眼睛转向那边，说，那个正在看书的吗？她好像有点傲的哦。

乔娜知道班上有些同学认为安贝孤傲。他们谁都不知道她的底细，但都看到了她的矜持。

乔娜笑道，女人傲，那是她有底气呀！我觉得你们公司如果要请我上课，那还不如请她，她才是高手。

乔娜带着李破空走向安贝。她对着安贝拍拍手，说，嗨，安贝，这是李总。

接下来的几次课间休息，乔娜看着李破空在向安贝走近，他们谈文化创意产业，尤其是谈互联网营销方式时，好像谈兴浓烈。乔娜想，有戏。乔娜心里的失意和成就感，就像上面所写的，在起伏中，忽左忽右。她奇葩地发现，这至少让她在关注他俩时，忘记了去想咖啡馆里的那个男孩现在在做什么。

于是，她冲着安贝和李破空聊天的背影，吁了一口气，心想，林总你交代的事，我总算快给你办成了。

下课后，在回咖啡馆的路上，乔娜开着车，瞥了一眼后视窗里的安贝，揶揄道：那个"赵文瑄"还行吗？

她看见安贝在笑。安贝说，搞不清，看不太懂。

哟，乔娜讥笑道，人家搞新媒体、搞资本运作的人，哪这么容易看懂？

要不哪天约他一起吃个饭，聊聊。安贝说。

她态度这么Open、直接，倒让乔娜有些惊讶了。

安贝还没约，人家倒是先来约了。

李破空打电话约两位美女晚上一起吃饭，由他安排，地点在"绿洲至尊"。

安贝搁下电话，从咖啡馆里间走出来告诉乔娜，晚上李总请吃饭。

乔娜放下手里的杯具，瞥了一眼身边的鹿星儿，把安贝推进了里间，说，哟，人家主动上位了。

然后她压低嗓子问安贝，要不要你自己单挑，我找个借口不去了？

安贝冲着她摆手，笑道，一起去，一起去，把关嘛。

乔娜心想，你不是最不要我"把关"吗？她对安贝嘟哝，好吧，我去当电灯泡。

安贝说，别说得那么神经，还谈不上感觉哪，只是还可以再聊聊。

乔娜想，你呀，还是有点装，好吧，装吧。

乔娜从咖啡馆里间走出来，看见鹿星儿正在餐台前磨咖啡豆，他支棱着小鹿一样的眼睛，问，你们要去哪儿吃饭？她真的在班上找到了？

乔娜没好气地说，你怎么知道她在班上找男人了？这不是你男生管的事。你怎么知道我们不是去读书而是去找男人，这也太猥琐了。

鹿星儿"嗯嗯"着点头，他奇怪她最近怎么总是冲着自己生气，像怪风一样一阵阵平地而起。

当安贝、乔娜盛装赴约，走进"绿洲至尊"时，乔娜心想，哎哟，还什么单挑呢，都来了半个班的人马。

是的，来了二十几位，包括那个锥子脸明星、那个主持人，那几方"油豆腐"土豪，那高深莫测的高管，那表情庄重的官员……大家环一张超大圆桌而坐。同学嘛，假如前半辈子没关系，那么现在成同学了，就有关系了，同过学，同过牢，都是铁关系，这年头，没关系也没事，只要有这个念想，顷刻模拟，比如此刻，这一桌子原先八竿子打不着的人，同坐过一间教室了，不就是同学了吗，简捷便了。不然同学，你还真以为是小学同学，小学同学经过那么多年，层次参差，还没这个管用有效。好吧，资源嘛，就是用来交流的，人嘛，就是用来归并的。好吧，这个都不用说了，每一张脸上都荡漾着心领神会。好吧，开喝开聊吧。酒下去，热气上来，豪情也就来了，人与人就真的像相识相交多年了，自己有什么，比如资源、背景、美丽、才智、人脉……都拿出来吧，就像这一桌菜，摆上来，看看都有什么可以整合、换换。

李破空今天坐在主桌上，海蓝色西装，紫色领带，笑容可掬，比往日更显年轻，而他的做派则是少年老成，潇洒自如，他说，同学们，喝喝喝。

喝，喝，喝。几乎没有什么开场白，先喝，一轮下来，高潮就上来了。乔娜因为要开车，所以推掉了别人的进攻，安贝被李破空敬了两杯，又被"油豆腐"等几位敬了三杯，就有些慌了，才刚开头呢，这架势今晚这一桌上一定会醉倒几个。安贝对那些递过来的酒杯开始避闪。好在瞬息之间，重心转移，一桌人视线都到了那个锥子脸明星和主持人身上去了，因为她们风情万种，招惹话题，不可阻挡地放射热力，于是也成为被敬酒的目标。再接下来，她俩好像在PK了，因为焦点只能一个，这是不可避免的。锥子脸明星几个段子说下来，立显更高一筹，一桌人笑得前仰后合，于是她成为这桌上的小太阳，被群星环绕，她眉眼生波，劝酒娇媚有力，让别人喝，乖乖地喝下去，自己也喝得利落，脸色渐渐酡红，惹千般喜爱，几圈喝下来，这桌上的男人或成"干叔"或成"干哥"。渐渐地，这桌上的男人都在灌她的酒了。安贝知道她今晚必醉无疑，就帮她挡了一下，结果没想到自己也挨了别人两杯，于是就不吱声了，事实上这两杯下去，她就觉得头晕了，她酒量一向一般。而那靓丽明星还不领安贝的情，对她笑，姐姐，没事，这些男的，不就想看我们醉过去吗，好坏的，哪能这么容易让他们得逞。她站起来指着李破空面前的杯子说，喂，你杯子里是什么，是酒吗？李破空笑，眼梢处皱成放射状的深痕，说，是，当然是。她嘲笑他，颜色都淡成那样了，还酒呢？他还在坚持说是酒。她就借酒劲起了性子，扭着腰肢过去，给他连倒三杯，非让他喝下去，然后她自己也连喝三杯。现在她像舞台中心演剧的明星，笑得威风四起，她对安贝眨眨眼，重复刚才的话，姐，他们不就想看我们醉过去吗，哈，想看也不用这么使小心眼。还是爷们吗。好吧，你们看吧看吧。她突然撩起自己的衣服，做出露出胸衣的模样，在笑话那些男的，她笑得那么恶作剧，那么透彻。哦，她是真醉了。乔娜赶紧起身，把锥子脸明星撩着衣服的手往下拉，OMG，还真的露出了胸罩。这灿若桃花的小明星脸上还在笑，她说，看吧，看吧，快来看吧……

　　乔娜赶紧把她扶出包厢，来到左侧的休息处，让她在沙发上靠一下。明星的眼睛有些迷离，她说，我没事，我没事。乔娜哄她，你先歇一会儿，再进去。小明星就把头搁在沙发靠背上，眼睛看着天花板上的水晶灯。乔娜想她可能一会儿就会睡过去。

　　也就在这时，乔娜看见安贝也出来了，她脸色酒红，往沙发这边走过来，她对乔娜笑道，我喝多了，有点头晕，我也出来歇一下。

　　乔娜说，喝了六七杯吧，想不到你酒量还行嘛。

　　乔娜站在走道上叫服务员，说，给我们这边倒两杯热茶。

　　安贝靠在沙发上，她听着包厢里传过来的喧闹，好像辨不出来李破空的声音。她想着刚才那个坐在自己身边的通讯公司高管夸李破空的话，他夸得神神秘秘，说，少年有为，少年有为，本城十少呢，呵，你懂的。他切切笑着。安贝可不懂。

　　安贝突然听见乔娜尖叫了一声，睁开眼睛，哎哟，锥子脸明星吐了，吐得稀里哗啦。乔娜喊，服务员，服务员，毛巾。

　　锥子脸明星吐得花容失色。空气中弥漫酒气。吐过后，她好像好一点了，她看着乔娜，嘟哝自己昨晚一夜没睡，所以今天状态不行，她说，你看得出来我一夜没睡吗，看不出来？她摸摸自己的锥子脸，嘀咕着，我把最贵的都用上了，拼命盖呢。"莱珀妮蓓丽"眼霜都用上了，所以看不出来，但我知道今天状态不行，那个鸟人……她嘟哝着，闭上了眼睛，一会就睡过去了。

乔娜问安贝，你怎么样，要不我们早点走？

安贝说，我歇一歇，反正他们也快结束了吧，要不你再进去吃点？

乔娜摇头，她可不想进去，她都挡了一晚上的酒了。要不待会儿谁开车回去？

安贝闭上了眼睛，她觉得头晕还没过去。

李破空从包厢里出来，过来探看他们，他对乔娜做了个鬼脸，指指靠在沙发上闭目的那两位，说，她们没事吧？

乔娜指了指锥子脸明星，说，应该没事，就是等会儿谁送她回去？

李破空说，没事，我们有那么多人，谁都行。

然后他瞟了眼锥子脸明星，笑道，她呀，就是这样人来疯。

他脸色微红，风度翩翩，已经脱了刚才那件海蓝色外套，现在是湖蓝色毛衣，衬着紫色的领带。乔娜想，是蛮好的，蛮会穿衣服的。

安贝听到了李破空的声音了，她睁开眼睛对李破空说，你怎么可以让他们这样喝？

他一摊手，眉眼向上扬了扬。他说，你还行吧？他对走廊那头的服务员说，拿块热毛巾给她们。

随后李破空回了包厢。二十分钟后，夜宴结束。一群人酒气汹涌地出来，像喧哗的潮水一样从走廊上涌过去。

乔娜起身，拍了拍安贝的肩膀，安贝睁开眼睛，乔娜说，他们散了，咱们回去吧。安贝说，好的。

安贝头还在晕，这酒是有后劲的。

乔娜以为李破空会安排人送锥子脸明星的，但没看见有人过来，就去包厢找他，发现包厢里空无一人。她想，他们就这么走了？

乔娜回到过道左侧的休息区，对安贝说，他们就这样走了，谁送她回家呢？她指了指沙发上已睡着了的女孩。

她俩相互看了一眼，眼神里是共同的感受。什么玩意儿啊，刚才那么起劲灌她酒的那些男人们。

当一群男人能如此寻一个女人的开心，那是骨子里对她的轻视。虽然想得明白这点，但这一刻如此逼真地上演在面前，还是让人难以消化。

锥子脸明星还在沉睡，乔娜、安贝暂时走不了。乔娜在给李破空打电话。还好，有接听。李破空说，啊哟，还好，我还在，我的车和司机在楼下。

李破空就过来了，说自己刚才去了另外一个包厢，一个搞金融的朋友今天刚好也在这里请客。

他凑近安贝的脸，说，你还行吗？

安贝捂着自己的额头，说头还晕。李破空轻声说，没事，现在的脸色比刚才好很多了，过一会儿就好了。

李破空又看了一眼锥子脸女孩，对乔娜说，看样子她一时半会儿还醒不了，要不，我的车先送安贝回去，你再在这儿照顾她一下，等她醒过来了，你开车送她回去好不好？

安贝在点头。而乔娜眼睛一亮，对李破空说，好啊，好啊，辛苦李总你送我们老大回去。

乔娜心里在想，这下他们单挑了，今晚整个儿不符合原先的设想，现在终于开始进入主题啦。

如此想着，乔娜又对李破空笑道，李总，你的车把她送到我们咖啡馆好了。如果有兴趣，你也在我们那儿再坐会儿，跟安贝聊聊天。

李破空笑着点头，对还有些迷糊的安贝说，去我那儿也行，我也有个好地儿的。

李破空扶着安贝起身，先走了。

乔娜在刷手机屏，此刻朋友圈里没有鹿星儿的微信。他平时会发一些咖啡馆的场景和那两只猫的动态。乔娜想，他现在在干什么？待会儿安贝和李破空进去后，不知他机灵不机灵？

她想如果自己在场就好了。她就去看沙发上的女孩。现在看过去这张睡着了的锥子脸好像也不太年轻。"鱼子精华"，是什么呀？她看着女孩闭着的眼睛，眼睛周围此刻显出了黑眼圈。她又想笑。突然那女孩睁开了眼睛，对她嘟哝，他们走了？

乔娜心想，老天爷，终于醒了。她说，他们走了，你喝得太多了。

锥子脸女孩可没起身坐直的意思，她依然躺着，看着乔娜说，是你在陪我？

乔娜说，我把你送回去。

明星说，哦，那他呢？

她？乔娜以为她说的是安贝，就说，李总先把她送回去了。

明星欠了欠肩膀，说，李破空走了？

是的。乔娜说，他送我上司回去了。

明星嘴角一撇，说，这鸟人。

乔娜笑了笑，说，今晚压倒你的最后一根稻草，就是跟他喝的那三杯。

明星眼睛茫然，对着天花板说，那鸟人，我知道那鸟人现在有点避我，我跟过他。

乔娜心里有风声"呼啦"一下吹过来，问，啥？跟他？

锥子脸明星依然晕乎乎的模样，她自顾自在说话，李破空现在准和你那个闺蜜开房去了，我都知道他们去哪儿了，白金花园酒店。

乔娜脸上的反应，锥子脸明星可没看见，因为后者借着残余的酒劲在发泄不快。她嘟哝，这货太爱玩，我没搞定，你们搞定得了吗？我想你也搞不定，你那闺蜜也不行，那鸟人就爱玩，呵，都是来这儿玩的……

乔娜赶紧问，你说他们去哪儿了？

白金呀，明星说。

乔娜说，真的吗？你怎么知道。

她古怪地笑了，呵，因为以前他带我去过。

他这样的啊？

锥子脸明星连眼睛都没转过来，她在嘟哝，怎么样的？你还以为他是怎么样的？我看你们平时跟他说话的样子特傻丫，小女生稚样，你以为是在找人谈恋爱啊，那快别找了，谁还找这个哪，都是想玩的，这些人那些人都是想玩的。她神情迷糊地咧了咧嘴，奇怪地指了一下墙上的一幅摄影，照片里是雨中的行人和街景，雨淋在镜头前，街景和人影显得模糊破碎。于是乔娜仿佛感觉这女孩在说，这些人那些人，一片破碎。

乔娜赶紧拿出手机，打安贝的电话。没接听。乔娜再打，依然没接听。她知道安贝还在头晕。

乔娜给鹿星儿打过去，说，你快快快，快打车去白金花园酒店，离我们咖啡馆不远，快点，安贝遇到不妥的人了。

爱情课

二十三、定义不同，拒绝对接

有没有搞错？她笑话他，就你知道我勇敢，你还是在说我没人要，没人敢要。

安贝按着太阳穴，从车窗吹进来的风，让她好过一些。

她看见车子掠过了世贸中心、家友超市、太阳广场，她感觉这车开过头了。她问坐在身边的李破空，这是去哪?

李破空轻轻拍了拍她的手背，说，我安排。

李破空的司机是个光头小伙子，车开得有点冲，差点闯了一个红灯，然后就在白金花园门前停下。李破空先下车，伸手牵安贝的手。安贝说，要喝茶还不如去我自己的店里。李破空看着她笑，他笑的样子坦然清朗，令人悦然。

李破空扶着安贝的肩，穿过廊柱，走进灿烂夺目的大厅。安贝虽然脑子有点晕乎，但还是醒悟到自己和他正在前台要开房间。

天哪，这是干吗?

安贝往后退，她对李破空说，这个不行，我要走了。

她发现脑子里被冰水淋了一下似的，晕劲儿瞬间消失了，她用手掌捂了捂脸，说，我走了，然后就往外走。

李破空快步追过来，对她晃了一下装了门卡的信封，轻声说，嗨，都办好了呢。

她让自己心里的慌乱沉下来，说，这是干吗，开房吗?

她心想，这就是传说中的开房呀。

这下轮到他反应不过来了。他的表情显示了这一点。在那些对他有好感的女人面前，他还没遇到过这样的情况。难道是定义不同，对接不上？他轻扬眉毛，微微笑道，玩呗，反正玩玩呗。

是的，玩玩呗。这是好多人心照不宣的，否则干吗相互搭腔黏糊，不就是觉得彼此瞅着有趣，那就玩玩呗，彼此Happy。

他想我不会是遇到雏儿了吧，看她那样子也不是还需要启蒙啊。李破空的脑子也有些懵了，觉得有些费劲了。他就伸手来扶她的肩膀，想先哄哄。哪想到，安贝神经超级紧绷，她一反手，拧过他的手臂，用肘一下子把他击开了，他趔趄到了五米开外。我们说过，安贝小时候老爸林毅行请师傅教她学过拳法，说这世上流氓太多，防身有用。想不到，用在了这儿。

李破空彻底愣住了。这女人是什么路子呀？好正经哟。他让自己对她解嘲似的笑，但他的笑容现在让安贝觉得有些狼狈。

安贝转身想走，突然就看见鹿星儿不知从哪个方位飞扑过来，一拳打在李破空的脸上。他嘴里在说，我叫你再骗人，你知道她是谁吗？

李破空真的懵了，如果他来得及还嘴，可能会说，圣女贞德吧。

酒店的保安在走过来。好多人在看过来。鹿星儿打人这有点过了。不愿意玩，不愿意开房，那就Byebye吧，打人没必要，又没非礼。定义不同，拒绝对接就可以了。安贝有些窘，拉起鹿星儿的手，就往大门跑。

他们飞快地冲出酒店，一跑狂奔，鹿星儿回头说，保安没跟上来，没跟上来。

但安贝还在跑，跑过了两个路口，到江畔了，这才停下来。安贝气喘吁吁，问鹿星儿，你怎么来了？

鹿星儿告诉她，是乔娜让我打的赶来的。刚到门口，透过玻璃门，刚好看见你一个擒拿动作，一掌将那个男的击退了。

击退？哪有这么夸张？！安贝咯咯笑起来。江水在夜色中闪着波光。好奇葩的经历。安贝想着乔娜和自己这些日子以来对李破空的构想，就笑得不可收拾了。呵，还单挑呢，独斗才是。她伏在栏杆上，对着这春夜的江水，笑得眼泪都出来了。哎，上这EMBA，真是上了一课。

鹿星儿的眼睛里映着波光，他看着她，等她笑好。

她注意到了他怜悯的眼神，于是对他睁大了眼睛。意思是，你怎么了？

他轻声说，不容易。

她没反应。

于是他又摇摇头说，真的不容易。

安贝说，你是说我找男朋友不容易？

他点头，真心真意地说，要是这么不容易，换了我，就不找了。

哟。她笑了，说，你这是打击我吧？我好不容易出动，你又来讽刺我了，是说我没人要是不是？

被她这么一点，他感觉自己好像是说得不妥，但原本确实不是想说这个意思的，那么是什么意思呢？

现在安贝酒劲已经过去，这一晚好像做梦一样，她得让自己心里亮一点起来，而他还在说沉重的东西。

他说，不是这个意思，是说你勇敢。

有没有搞错？她笑话他，就你知道我勇敢，你还是在说我没人要，没人敢要。

不是这个意思，鹿星儿嗫嚅道。

安贝看着他笑，说，勇敢其实是说我屡败屡战，你真不会夸人。

　　鹿星儿说不过她，忙不迭地解释，不是这个意思。

　　安贝笑道，是也没关系，说我没人要也没关系，真的，谁敢要，换了是你，你要吗？

　　要要要，鹿星儿嗫嚅。

　　安贝笑起来，有病啊，她按了按他的肩膀，说，会让别人昏过去的。

　　鹿星儿也笑了，他明白自己刚才在说什么了。他告诉她，自己真心觉得她勇敢，虽然有时候看得出她也心烦意乱，但是……

　　她打断他的话，说，我平时真让你们看出心烦意乱了？

　　他说，那当然，平时你待在里间看书，我们能感觉你在心烦意乱。

　　她说，那倒未必，你们多心了，别整天盯着我。

　　她这么一说，他就有些语无伦次，想劝慰她，一时又找不出合适的话，就说，老大，如果找不好，那就暂时不找也可以啊，慢慢来。

　　她说，你应该用这话去劝我爸。她向鹿星儿摊摊手，自己也觉得好奇怪，跟这么一个小毛孩谈这些谈得明白吗？她想，说这个不好玩，怎么说这个了？她看着他年轻的脸，自己再年轻一点的时候，这样的男生是怎样从身边飘过去的？

　　她看见了他眼里映着的江水波光和一些悯意，心想，没必要为我的事想多了，再过两三个月，我的"间隔年"就要结束了，我们都要说再见了。

　　她就想逗逗他，于是重拾了刚才的笑话，说，你刚才说"要要要"，那样子不要太傻哦。喂，说真的，姐如果再小一点，你要不要？

　　他笑，要要要。

　　于是，她放声笑起来。

爱情课

二十四、你知道不服气是什么滋味

这一晚，两个女孩左一杯右一杯，让李破空的脸神渐渐迷糊。这一晚她们不放倒他，不会撒手。

定义不同，就别对接呗。接下来，在EMBA上课的日子里，安贝把李破空视作了空气。

　　而乔娜可没这样的境界。现在她看着前座那个穿着得体西装的潇洒背影，心里就有一团气在升腾。她想，幸亏林姑娘反应敏捷，否则如果出了点事，林毅行那边我怎么交代啊？别说40万元年薪了，我自个儿疯掉也抵不了。

　　这么想着，整个人都不好了。妈哟，还撮合他俩单挑呢，还拿他跟鹿星儿比，我这眼力跑到哪里去了？

　　鹿星儿温良的面容浮在眼前，就像棉棉的冬衣犹在脸畔。原本她是来这儿对他进行遗忘的，但好像没用。她摇摇头，继续盯着李破空的背影。现在她已经摸到了他的底，本城十少，有个著名的老妈蔡依美，以服装业起家，如今产业遍及物流、餐饮等等领域。如果你留意媒体，就能经常看到这老妈风姿犹存的身影出现在各类重要的社交场合，比如慈善晚会和年度人物颁奖活动现场，该老妈魅力超群，属于本地名媛。

　　乔娜是从锥子脸明星丽丽那儿摸到了这些底细。

　　自从乔娜那天晚上把丽丽送回去后，这女孩俨然把乔娜当作了自己在这班里的知己。她告诉乔娜，你们离他远点，他除了会碎女人的心之外，别的不会给你，而且他也给不了，因为他玩心重，更主要的是，他还有个厉害的妈。

丽丽告诉乔娜，自己跟过他半年，可不能就这样被他Pass过去。她说，因为还没有本小姐搞不定的男人，本小姐吃定他了，所以追到了这个班。本小姐以前不是这样的，干吗这么想不开，但这一次我好像出不来了，乔娜，我知道我在钻牛角尖。也可能，不完全是为了他，而是为了不服气，你明白吗？你知道不服气是什么滋味吗？……

乔娜基本糊涂，这个傻妞，虽然好看是蛮好看的。

课间休息，乔娜看见李破空在走廊尽头的窗台边抽烟，就冲着他的背影叫了一声：Hi。

李破空回过头来。乔娜笑道，啊，抽烟哪。

李破空的笑容里有一丝腼腆。乔娜叫了一声：啊，你的下巴怎么了？

李破空眼睛有点眯起来，嘟哝道，走路看手机，撞了墙，肿了。

乔娜心里在笑：鹿星儿这一拳，还算卖力的。

哦，好惨。乔娜把手伸向他的脸，嗲嗲糯糯地去抚慰，手到半途，突然停住，说，给我支烟，看你在抽，我也想抽了。

李破空咧嘴笑笑，抛了一支给她。

乔娜叼在嘴上，凑近他手里的打火机，借火的样子，其实"呼"地轻轻吹灭了火焰，说，没火。

李破空连按三次，她都说，没着，没火。

他知道她在玩，就说，又不是结婚耍新郎。

乔娜这才让自己的烟点燃。她抽了一口，悠悠地把烟吐出来。

他夸她这样子酷。

酷？

嗯，像老电影里的女特务。

哟，这么坏，说我是女特务。乔娜一手叉腰，故意扭着腰肢迈了两个猫步，说，嗯，这样子，老电影里的是这样子，对不对？

李破空对她吐了一口烟，说，呵呵，你倒是蛮好玩的。

乔娜盯着他的下巴，"扑哧"笑了一声。于是，他知道了她在笑什么，就微微脸红了，说，红娘比莺莺有意思。

哟，你说什么哟？你怎么知道我是红娘？乔娜一个软拳头打在他的肩头。

他冲着她笑，嘴角有一点歪，眼睛里波光闪动，这种表情曾让她觉得生动。他说，这个嘛，一眼就看得出来，你是她的小跟班。

哟。乔娜将一口烟朝他吐过去，说，算你眼尖，那么红娘是不是该向你说声不好意思？

他知道她指的是自己下巴挨的这一拳，脸又红了一下，笑而不语。

她说，打人总不好。

他眼神里是认同，嘴里在呵呵笑道，她呀，一个脱离了低级趣味的人，我也真是醉了，硬是没瞅出来。

他仰脸笑，风流倜傥，讥讽以及自嘲，骨子里是对女人的轻浅劲儿。这让乔娜不舒服，不就是有几个臭钱吗？

乔娜眼风妩媚，说，李总，那么我帮你调解一下？

李破空扬眉看着她，不知她是什么意思。

她轻声笑道，我拉安贝出来，一起吃个饭，化解一下。人嘛，定义不同，不妨碍相处，否则在这个班上，后面的时间怎么处啊？再然后，全班都会传你对她图谋不轨了。

李破空搂搂她的肩膀，笑着说，你真的比她好玩。

饭局安排在当天晚上。

李破空走进"彩蝶餐厅"时，发现只有乔娜一个人。

他问，她呢？

乔娜捂嘴笑，笑了好一会，说，你不是觉得她是一个脱离了低级趣味的人吗，要她来干吗？

李破空也跟着笑，侧过头，好好地盯着她的脸，说，好啊，有意思，你这人挺有意思的。

乔娜手机响了，她拿起它，一边对李破空说，对的，有意思的人才能一起玩，话不投机的，半句多，嘿，好玩的人还有一个呢，一边对手机那头说，我们已经到了，在5号包厢。

五分钟后，李破空有点傻眼了，因为进来的是锥子脸明星丽丽。这姑娘这段日子让他有点烦，因为他看出来了她是个有点玩不起的小妞，因为她当真了，什么事当真就麻烦了，这按理说是不应该的，但她还真的当真了，当她当真了以后，他自己可得想想了。这么一想，也就不对劲了，因为老妈肯定不会同意的，而且自己本来对她也没有承诺的意思。玩呗，想那么多干吗，而她还偏偏想得那么多了。

锥子脸明星笑意吟吟，叫唤着"空空哥"，就一屁股坐到了他的身边，拎起酒杯就敬。

这一晚，两个女孩左一杯右一杯，让李破空的脸神渐渐迷糊。这一晚她们不放倒他，不会撒手。

李破空看得明白这一点，但看不明白她们到底是要干啥。

当他把脸趴在桌上时，乔娜深吸了一口烟吐在他的头上，然后拍拍他的头，说，这样子，怎么回去呢？

她对锥子脸明星说，丽丽，你把他的手机拿出来，得让他的家长把他领回去。

他的手机其实就搁在桌上他的餐具边，丽丽递过来，乔娜翻通讯录，找到了"妈妈"，打过去。

有人接听，是一个浑厚的女声，乔娜把手机递到丽丽的嘴边，说，快喊"阿姨"。

丽丽也已半醉，嘟着嘴说，阿姨，空哥喝醉了。

乔娜把手机收过来，放到自己嘴边，说，阿姨，你知道心碎的滋味是什么吗？他把自己放倒了，但没告诉我和丽丽他到底准备跟谁好……

女企业家、社会名媛蔡依美带着四个助手赶到"彩蝶餐厅"时，看见儿子趴在桌上，两个女孩坐在他的两旁，半醉半呆，仿佛正在对不省人事的他展开争夺战。

一个对另一个说，他说我这人有意思。

另一个说，他对我已经有意思大半年了。

一个说，大半年算什么？半个世纪的，也是说散就散。

蔡依美让助手们把儿子架走。两个女孩拉住李破空的手臂不让，并趁势飚气：阿姨，今晚要他说清楚的。

丽丽真的就开始哭了。这么一拉扯，一哭，李破空睁开了眼睛，有点醒了。

蔡依美生气地往他脸上拍了一巴掌，说，小死鬼，气死妈妈了。

李破空一下子惊醒过来。他这人就怕这么个强势的妈。

他说，啊，妈妈你来了？！

蔡依美气得半死，一时语塞。

乔娜把脸凑过去，仿佛半醉半憨，对他吐了一下舌头，说，让你的家长把你领回去呀，呵呵。

一群人架着李破空往外走。蔡依美回头看着这两个女孩，不知怎么办。她嘴里在说，对不起了，对不起了。

乔娜看她掏钱包好像要给钱摆平的样子，就告诉她两点：一是今晚的单该是李破空买的，二是你这儿子得看着点喽。

然后乔娜倚着墙咯咯笑了，像喝得半醉的女神。你拿她没办法。

爱情课

二十五、来自"爱情角"的视角

父母为儿女找对象，父母先对眼，子女不急爹妈上阵，中国式新包办婚姻。这想着都是天下奇景。奇归奇，但这两年"爱情角"还偏偏就越来越盛况空前。

乔娜把以上场景演了一遍给安贝看，安贝笑得前仰后合，说，生猛，但没必要，不理也罢。

她们发现正在拖地的鹿星儿一边挥动拖把，一边乐不可支，就知道他也在听。

乔娜说，你笑什么呀，笑咱姐妹们找对象不容易？以后等着看你的笑话。

乔娜说这话，带着自己最近对鹿星儿喜怒无常的情绪。但事实上，对于鹿星儿来说，经过那晚在江边与安贝的对话，这些天他脑子里也确实时时在转着"安贝的大事"，并且为她着急。

甚至星期天早晨，鹿星儿在游泳馆游泳，他听见两位贴在池边聊天的大妈在聊"你手边有哪些要找对象的"时，他都竖起了耳朵。

泳池边常有这样的大妈，其实，别的地方也有。当她们聚在一起时，这是她们热衷的话题之一：喂，你手头有哪家的儿女，几岁了，什么条件？我这边有一个女孩都35岁了，你们谁那里有合适的人？

今天，鹿星儿竖起了耳朵，因为他听见一位大妈在说：我这个是大学老师，实实在在，理科的，样子不错，是学校最年轻的教授，就是整天待实验室，接触面窄。

哟。鹿星儿一个猛子潜到了她俩的身边，露出脑袋，吓了她们一下。他说，嘿，大学理科男？我要的就是大学理科男。

看她俩痴呆了的表情，他赶紧解释：我这儿正好有一个女的，就是要找大学理科男。

其实，这是最近乔娜、安贝嘀咕时，飘进鹿星儿耳朵里去的信息。在经历了EMBA那些奇葩，乔娜认为大学理科男可能比较适合安贝，因为实在，老实，没什么心眼。安贝说，也是，整天待实验室，起码人比较纯。

鹿星儿对泳池里的两位大妈说，我听见了，你们在聊的我听见了。

两位大妈对这小鲜肉本人更感兴趣，她们问：那你呢，有对象吗？

鹿星儿答非所问，说，我这边这个女的，真正优质，好看，个子高，海归，高学历……

如果安贝知道鹿星儿在泳池里向人推广自己，她不是要哭了，就是要疯了。

大妈看着这个超级热心大男孩，说，这么好啊，可惜那人不是我儿子，是我表姐的儿子。

鹿星儿追问，那么怎么找到你表姐呢？

大妈赶紧上岸，说，我这就去给她打电话，然后你跟她联系。我表姐呀，像今天这样的星期天，她多半在"爱情角"。

她往女宾部走，去拿手机。她回过头说，嘿，有缘千里来相逢，我表姐那儿子可真是好啊。

鹿星儿拨那个电话，那头果然是一个大妈。她说，知道了，我表妹说过了，我在中山公园的"爱情角"，要不还是你过来。

鹿星儿赶紧往中山公园去。

他知道中山公园曾经有个"外语角"，这两年被一群老年人颠覆成了"爱情角"，因为每逢星期天他们就在那儿为子女找对象。鹿星儿从没去过"爱情角"，但从电视上看到过，因为它已成城市奇观，据说某国外电视台都来拍过纪录片，因为题材新奇，还获得了国际大奖。父母为儿女找对象，父母先对眼，子女不急爹妈上阵，中国式新包办婚姻。这想着都是天下奇景。奇归奇，但这两年"爱情角"还偏偏就越来越盛况空前。

鹿星儿走进了"爱情角"，穿过那些举着牌的老爸老妈们，他还来不及细看他们手里的牌子，就被好几位老人围上来追问，小伙子，你是为自己找吗？

鹿星儿一边拨打手机，一边摇头。他在人堆里找那个大妈，找了好几圈，还没找到她所在的方位——歪脖子松树下，但总算看明白了那些纸牌上的文字。他的感觉是：（1）男士或女士的身高、年龄、学历、职业都清清楚楚写在牌上，一眼晃去，有点像挂牌的菜市场；（2）女士比男士至少多三倍以上；（3）男士绝对是买方市场，男的只要是本科，就十分走俏，女的哪怕是海归，都被挑三拣四。

鹿星儿想着安贝的脸，心里的茫然也在漫延：也可能安贝需要来这里看看，接受点教育；也可能安贝绝不能来这里，因为会败坏她的情绪。无论她来不来，有一点可以肯定，哪怕她条件再好，这场景也会让她心烦意乱，而如果她心烦意乱了，我们的情绪也不会好到哪里去……

那棵歪脖子松树终于被鹿星儿找到了，松树下的老太太穿着一袭黑长裙，眼神有些犀利。她先问鹿星儿跟那个女孩什么关系。鹿星儿说，那是我姐。

她"哦"了一声，然后听鹿星儿介绍了一通"优质经管女"，好奇神情渐渐浮上她的脸。她说，你带照片了吗？

鹿星儿说，没，这儿离她开的咖啡馆不远，要不我带你过去吧。

她折起手里的纸牌，就像折起一件需要惜售的宝贝。她说，小伙子，要不是我表妹介绍，我是不会为你费这个劲的。我家的这个儿子真的优秀，就是人太老实，所以需要我好好把关。小伙子啊，每天来我这儿提亲的，不要太多。

鹿星儿自作主张把老太太带进了"正在找"。这是他没经验的表现。

他更没经验的是把老太太直接带进了咖啡馆的里间，因为他心里又兴奋又急切。

安贝正忙着为老爸赶一份项目规划书，所以没在意，也没时间去应付鹿星儿和他带进来的老太太。

鹿星儿说，老大，我游泳的时候刚巧遇到了一个人选。

安贝奇怪地瞥了一眼老太太，她正目光炯炯地盯着自己。

安贝说，我们这儿不需要她这样的帮手。

因为正忙着，所以她语气有些短促，不那么客气。鹿星儿支吾道，不是帮手，而是他儿子是理科男……

安贝奇怪地看着他，问，理科男又怎么了？

鹿星儿还没来得及回话，那老太太开口了，说，理科男不怎么了，你也不怎么样。

老太太一边往外走，一边扭头对鹿星儿说，小伙子，她不合适，太精干巴瘦，我儿子要找的是会生儿子的，会过日子的，我儿子也吃不消她这样的，她这样的是做领导的，我儿子在单位已经有领导了，不需要在家里也找一个人去当领导。我们是实实在在的人家，我们是过日子的，这样开店的人家，会太重钱的，我们是实实在在过日子的……

至此，安贝才有点反应过来这是怎么回事。她反应过来，而那老太太已经出门去了，留下她的声音在房间里飘摇。

有病。安贝哭笑不得，鹿星儿你这是操哪门子的闲心，那天在江畔随口说了几句，你就也来凑热闹了，真的是有趣死了，你才几岁，你懂什么呀？

鹿星儿送走老太太，回到里间，忙不迭地对安贝解释这事的原委。他说，不好意思，老大，我心急直接就领她过来了，我想的是万一成了呢。

安贝放声笑，她没生气，她说，你懂什么呀？大男孩，心意领了，别管我了。

安贝低头看规划书，她挥挥手，让鹿星儿去外面忙。鹿星儿没走，他小心翼翼地说，老大，她刚才说的那些话，你别生气，她是老太太。

其实他不该提，他一提，安贝就感觉有些别扭。她挥手说，不生气，不生气，人的角度不同，她说的也有道理。

鹿星儿听得出她的别扭，心里更不安了，他说，她说得不对。

安贝解嘲道，没什么不对，对于他们来说，我安贝有什么好的，真的，如果真好，也不会剩到现在让老爸、老妈，包括你们这些人来替我着急了……

她这么说，是随口而出，而屋子里的气氛就急转直下，刚才那老太太的声音又仿佛飘摇在空中。鹿星儿手足无措，他也是理科男，他可不是乔娜还懂点怎么去劝这个多愁的林姑娘，他只知道喃喃而语"她说得不对"，还有就是知道这个时刻他不该离开这里，因为她正陷入烦心的情绪。哎，算是自己搞砸了，怎么这样就搞砸了？他想。他看着她的侧脸，心里焦虑丛生，他忍不住向她的桌边走了一步，轻声说，老大，开心点，你够好的，开心点，咪咪虎姐姐。

这让她愣了。咪咪虎姐姐？她想，你怎么知道咪咪虎？我小时候家里养过一只虎斑猫，我就叫它"咪咪虎"，结果家里的大人小孩都叫我"咪咪虎"。

安贝抬起头，脸上的表情处于迷糊中。鹿星儿轻轻说，你真不认得我了？我小时候不就叫你"咪咪虎姐姐"嘛。

啊？安贝说，你是谁啊？

她心里突然卷起一阵惊讶的风，这让她手臂上起了鸡皮疙瘩。她刹那间想起了老爸的脸，这个大男孩也有来历吗？他可是我自己从广场上的人堆里找来的。

哪想到他说出来的话，还真的吓了安贝一跳，他说，我爸是开宝的施工员鹿谷，我小时候每年春节我爸都带我去你们家拜年。你还记得吗？

鹿谷叔叔？哦，开宝是有那么个老员工，爸爸的东阳老乡，跟了爸爸一辈子。安贝记得，小时候每到过年，鹿谷叔叔总是带着小儿子点点，以及一大袋冻米糖来林家拜年。那时候开宝还没有做大，员工也没多少，爸爸的几个老乡是忠心耿耿的跟随者。当时鹿谷家的儿子点点三四岁模样，喜欢听故事，一到林家，就缠着小学生安贝讲故事。安贝讲了一个又一个。然后呢？然后呢？他不停地问。小学生安贝讲完了她听来、看来的所有故事之后，面对这天真小男孩不知足的需求，就只能指着家里的虎斑猫"咪咪虎"，给他编"咪咪虎"的故事。她编得荒唐无比，但他听得乐不肯返，然后呢？然后呢？他问。以后每个春节他来她家，都要指定讲"咪咪虎"。后来他读小学了，而她初中后去了国外，就再也没碰到过了。偶尔还会想起那双天真眼睛和"然后呢"。她曾经问过老爸，鹿叔叔家的点点呢？爸爸说，挺不错的，读中学了，读大学了。

　　哟，点点，想不到现在这么大了。安贝脸上突然升起兴奋的表情，她站起来，说，啊，点点！

　　她伸手拍了一下鹿星儿的脸，说，你怎么这么大了？我哪能想到是你啊，怎么会是你啊？

　　鹿星儿攥着她的手摇晃，说，是我，你不要生气，是我。

　　安贝咧了咧嘴，还真的扮出生气的表情了，她说，好啊，你居然瞒着我，你居然瞒了我这么久，是我爸交代的吧？

　　她的语气里更多的是重逢童年小伙伴的惊喜。于是鹿星儿老实交代：嗯，你别生气，你也别对林总说，今天我告诉你我是谁，是我自己现在突然决定告诉你的。其实平时看见你心烦意乱的时候，也想告诉你……

　　安贝脸上交错着惊讶、惊喜、纳闷、疑惑、在乎等诸多表情，然后慢慢沉静下来。她心里也有些回过味来：天哪，鹿星儿居然就是点点，连鹿星儿都是老爸派来的，他有什么不放心的？

　　安贝心里的委屈也涌上来。但她看了一眼鹿星儿，说，好啦，好啦，我不生气了，你以后别瞒我什么了，我对你这么好，你还要瞒我，天呢，你居然是点点，你怎么没想到如果你早点告诉我，我会多高兴……

 爱情课

二十六、当爱恋有不同的朝向

乔娜看着他脸上的温柔怜意，这曾令她沉沦，但此刻它的朝向，却是另一个方向。乔娜心想，呵，前天上午我还在犹豫要不要将他拿下呢。

第二天上午，鹿星儿被安贝叫到了咖啡馆的里间。

鹿星儿注意到了她脸上令人奇怪的平静，因为几乎没有表情。

她说，昨晚我想了一个通宵，发现自己对这事还是有点消化不了。我也不想说你不好，我老爸交代你这么做，这我理解，因为我太了解他了，但你一声不吭瞒了我快一年了，这个就让我受不了，只要回味一下就会受不了，我平时对你那么好，那么信任……

他嗫嚅：不好意思，其实我每天都想告诉你。

但你没告诉我。

鹿星儿垂下眼睛，摇了一下头。

安贝说，想着一个人能这样藏着掖着，我觉得很可怕，算我白对你好了。我也不想多说了，反正这"间隔年"也快结束了，以后这咖啡馆还办不办，开宝公司会决策的，但我们都不会在这里了。

他支棱着眼睛看着她。小时候，他总是以这样的表情问：然后呢？然后呢？

她的视线落在桌面上，说，这件事就这样了，我不想提了，但也不想当它没发生过，所以，最近我想离你远一点，这个你应该可以理解，因为我想消化一下。

　　乔娜发现，虽然自己作弄了一把李破空，但其实经过那天晚上的晚宴以及近来的一番瞎折腾，无论是安贝还是自己都有点蔫，懒洋洋的，好像没了折腾的劲儿。静一下先吧，是的，好多事都需要消化。

　　乔娜趴在餐台上，此刻店里没有客人。

　　她看见鹿星儿坐在壁炉边，在观察地上的那两只猫。这屋子里，是一片安静。是的，最近他好像也静下来了。虽然以前他也话不多，但这几天他的低落却有些显眼，只要一抬头，看过去，几缕郁郁寡欢的气息就浮在他的周边。

　　比如，此刻他一边观察猫，一边在看手里握着的手机。但乔娜感觉他其实在发愣。他脸上的纯良是那么一目了然。他喜欢小动物、喜欢动漫、吹笛子、搞电脑、关注科技动态……在她眼里，这些都像宝石一样闪着天然的光。她想着那晚酒桌上的那些人，突然心疼哪天他也会出现在某张桌上。她想，他怎么可能搞得过那些人，心里就有些担忧。她想，也可能他过的日子不会遇到那些人，那么，他会有一个怎样的女孩，怎样的家呢？嗯，一定是好不到哪里去，也差不到哪里去吧。其实这也蛮好的。

　　乔娜看着他的侧影，想到他哪天会爱上一个别的女孩，心里就有幽幽的痛。她想，如果过日子要求不高，不好不坏地混，自己跟他也应该能做到吧。这么一转念，她想，放过他吗？要不，还是拿下他，拿下他一起混呗，不好不坏地混，也总是可以混的。

　　他似乎感觉到了她的目光，扭过脸来，对她点点头。她想问，怎么了，你？

　　她心里的爱恋在强烈地涌上来，她想，这要到哪天才能消失？

　　永远不要低估一个暗恋者的心，那是一颗把所有细节都看在眼里的心。

是的，乔娜意识到了，鹿星儿的低落与安贝最近对他的态度变化有关。

她想，鹿星儿与安贝之间一定有什么不快了，因为她感觉到了安贝对他的突然疏远。而曾经安贝是把他当作小跟班的，为此乔娜还曾犯酸。

而如今，乔娜注意到了，这突然而至的冷点，似乎让鹿星儿既无措，又像葵花一样绕着安贝转。他在找各种借口去里间，送杯茶、送张报、送本杂志、抱只猫去给她看……然后脸色黯然地出来。没用哪。

乔娜想，那天上午安贝把他叫进去谈事，到底谈了什么？难道就因为他毛手毛脚给她找来过一个老太太？

乔娜对着天花板吹了一口气。

她发现这空间有些逼仄。她想，也可能人不能扎堆在一个空间里太久，否则不是相互生事、厌烦，就是相互爱上。

鹿星儿在看手机。猫咪胖宝、铃铛从壁炉边一前一后地踱向乔娜这里。

阳光正从窗玻璃透进来，落在餐台前方，在地板上映出了一块明亮的光区。铃铛侧着头，研究了一会儿自己的影子，然后坐下来，胖宝也走进了光区，它在看铃铛。它把头伸向铃铛，胖乎乎的脸上是温柔的讨好神情。乔娜想，它们已经好上了？

铃铛站起来了，绕着胖宝走了一圈。两只猫咪在温暖的阳光下，是那么萌娇。乔娜心里在对胖宝说，上啊，快上啊。

胖宝向铃铛贴过去了，它胖嘟嘟的身形好像有些腼腆。突然铃铛呲嘴，对胖宝发出了"咝咝"的叫声。这声音怎么像蛇的声音？乔娜想。胖宝没停步，它伸着憨憨的脑袋。而铃铛突然窜上去，咬了它一口，再咬一口。哟，乔娜叫起来，挥手喊道：不许咬，不许咬。乔娜从餐台内冲出来，铃铛已经逃开了，而胖宝的耳朵上被咬了一个大口子，血在流。

鹿星儿丢下手机，奔过来，满脸惊慌，怎么又咬了，凶妞又咬人了？他抱起胖宝，对已跃上椅子的铃铛伴踢了一脚。他和乔娜一起查看胖宝的伤势。哎哟，比以前咬得都狠。

乔娜说，我还以为它们今天要成了，这凶妞太暴力。

安贝听到了外面的动静，从里间出来。她抱过鹿星儿手里的胖宝，看着它流血的耳朵和乖萌的脸，泪水夺眶而出，她说，你把铃铛给我还回去，我不能容忍这样的行凶行为。

鹿星儿脸色慌乱，他知道自己没看牢这对猫咪，又惹她不快了。

乔娜拿着纸巾过来，轻轻地擦拭胖宝的伤口，劝安贝说，还好，还好，伤口不是很深，安贝，没事，就是人也要打打闹闹，说不定这是成好事之前必需的呢。

安贝泪水纵横，说，都一年了，还没有感情，它们成不了啦！鹿星儿，你现在就给我去还掉那野蛮的家伙。

安贝抱着胖宝回了里间。鹿星儿抱着铃铛出了门。乔娜靠着餐台想心事。

这屋里有冷战，空气里就有凝重的东西，就粘连到了所有人的心情。

乔娜想着鹿星儿刚才惶恐的脸神，想着他此刻抱着一只猫走在街上的样子，想着他到底是因为什么惹安贝不舒服了，心里就有深深的牵念。这时她听到了手机短信的鸣响——"叮咚"。

这声音来自壁炉边的茶几。鹿星儿的手机放在那儿。刚才他手忙脚乱，把手机搁在那儿了。

乔娜走过去，想把它收起来，免得待会儿客人进来了，找不着了。

乔娜拿起手机，瞥了一眼，"林毅行"。她愣了，反应不过来。他也认识林总？林总亲自给他发短信？他怎么没说起？

乔娜用手指划了一下手机屏，看见了这样一条短信："星儿，这两天怎么样？微信短信均不见，有什么问题吗？林毅行"

乔娜心里有凉风在呼呼地吹。她知道这样不好，但她还是遏制不住用手指滑动手机屏。她看见了微信栏里鹿星儿与林毅行的互动。哟，联系比我还密切，这是什么呀？她想。

乔娜听到了心里的"咚咚"声。她想着林总苍老疲惫的脸，她理解他的不放心。但她想着鹿星儿这一年来沉静温和的脸，还是大吃一惊。

她想，原来如此，他倒守口如瓶。

她翻阅着"个人相册"聊天记录，她的惊讶像闪电一样袭来：哎哟，从开业至今有那么多细节都被他传送了。她甚至看到了"提篮上的小红花"活动那天，他告诉林总安贝的委屈。乔娜开始心绪紊乱。告状，这不就是告状吗？她心里的刺痛飞快地堆起来。难怪老是见他用手机拍我们，还以为这是他的爱好呢。她想着他此刻抱着猫走在街上，一定不知道她知道了他的秘密。那么安贝知道吗？乔娜想，就这几天安贝对他的态度，她多半是知道了，哎，无论换了是谁，知道了都不会开心。乔娜感觉自己触碰到了谜底，心里对他的忧愁和怜悯也堆积上来。她想着他温良的脾气，天哪，你干吗答应林总来做这个？乔娜看着天花板，想，那我干吗答应？

乔娜手肘支着桌面，感慨万千：绕什么都不要绕到别人的家事里去，这一点我算有体会了，好在林安贝的"间隔年"也快结束了。

鹿星儿回来的时候，看见乔娜正在餐台前张罗。

乔娜向他指了指餐台左侧。他看见自己的手机放在那里。

他拿过手机，往里间去。他想看看胖宝怎么样了，他还要告诉安贝，铃铛已经还掉了。

他没注意到乔娜寡欢的脸色。

安贝正在看书，胖宝依偎在她的脚边，受伤的耳朵已经包扎过了。

她和它的侧影，透着伤感的气息，让鹿星儿不安。

他说，铃铛还给朋友了，对不起，我刚才没看牢它们。

她没抬起头，说，好了，已经被咬了，也没办法了。

他没走开。他说，你别难过了。

她低头看了看脚边的胖宝，说，还好还好。

他往前走了一步，说，我说的是，你不开心是因为我，所以我真的对不起。

她依然没抬头，说，因为你？哎，我自己的事多着呢，我只是想静一下。

他依然没走，说，看着你不开心，我们也不会开心到哪里去，我觉得这店里的气氛越来越沉重了。

她抬头，向他摇摇头，说，别这样，如果是这样，我也对不起。

他说，确实是林总和我爸叫我来这里的，但这并不意味着我对你不好，对你没情感，不忠心。

她觉得这话有些耳熟，乔娜也说过？她继续摇摇头，说，每个人对一件事的感受不会在同一个层面，我不会像你们这样看问题。唉，怎么说呢，不说了吧。如果说我有什么不开心，那也主要是感觉没劲，心里有碎的东西，这跟具体是谁没关系。好啦好啦，也与你没关系啦。她摇摇手。

他没太明白她在说什么，他说，你对我那么好，事实上后来我真的每天都想告诉你我是点点。

　　点点。她看着他脸上的着急神情，叹了一口气，说，一个人郁闷，是因为经过一些事后，失去了哄骗自己的能力。如果你想骗我，还不如一直骗呢，反正"间隔年"也快要结束了。

　　他感觉到了她言语和情绪中有些混乱的东西在涌上来，他就说，"间隔年"结束了又怎么样？我们还是朋友呀！我小时候就喜欢你这个小姐姐。要是知道你这样不高兴，那我真的不会答应我爸和林叔叔来这儿了。我爸说你不容易，一个女生要为几万人的企业当家不容易……

　　她瞥了他一眼，说，你是不该答应他们。

　　他好像在想这个问题，他说，但是，我也喜欢这一年跟你一起在这里做事。真的，我喜欢。

　　她没响。他言语中的真诚涌到了空气里，于是她心里飞快地闪过一些情景：他抱着猫在广场上出现，他骑着车去买东西，他喝掉了一杯杯她泡制的实验咖啡，他赶过来打了李破空一拳……于是她抬起眼睛望着他的脸。他正在说自己喜欢这儿，喜欢她，喜欢这一年在咖啡馆上班。她点点头。他说，我虽没告诉你我是你爸派来的，但这跟我喜欢你是两件事，它们同时存在，可不可以？

　　安贝觉得纠缠这些没有意思，只有心累。她摆摆手，说，好了，别说这个了，我想静一静，我最近想静一静，你去忙吧。

　　鹿星儿从里间出来，脸上有深重的沮丧。

　　乔娜埋头在洗杯具。鹿星儿走过乔娜的身边时说了一句，老大又不高兴了。

　　乔娜说，知道。你知道是为什么吗？

　　他"嗯"了一声，说，我惹她的。

　　乔娜把洗好的杯子放进柜子，心想，你就没惹我吗？于是乔娜没头没脑地说，她不喜欢你了。

他点点头，神情像个无措的宝宝，说，问题是我喜欢她。

乔娜心想，你像个暗探这么瞒着她，她会信你喜欢她？

她就让自己的嘴角呈上了讥笑，说，哟，我这还是第一次听你说喜欢谁，你喜欢她该对她讲。

置身于焦虑情绪中的他，比平时直愣，他说，我是跟她讲了。

那你追她好了，乔娜嘟哝。

他听出了她的讥讽，最近她常这样情绪起伏无常。他随口还嘴：可以试试。

他看了一眼里间的方向。

我们说过，千万别低估一颗暗恋者的心，那是一颗把一切细节看在眼里的心。

对于乔娜而言，她还真的感觉到了鹿星儿心里的波动。她看见他在找各种理由让安贝开心起来，他翻录了她喜欢的小野丽莎在店里反复播放，他在她的微信后面步步紧跟，贴评论，他在豆瓣上留心她看的书，然后一本本买来读……这些都是表象，更主要的是，乔娜感觉到了空气里有他焦灼的情绪在波动，像气流一样围绕安贝旋转。

作为一个暗恋者，乔娜对这一切目力犀利，她发现他也在起潮，也在步入她曾经的频率。虽然她搞不清楚这是否也是爱情（因为，这也太另类啦，事实可能多半是突然而至的冷落和距离感让作为下属的他惶恐和不适，从而做出了用力过猛的修补，于是情感投入过度），但这已足以让乔娜心里倾斜，犯酸迷失。

甚至有一天，鹿星儿好像憋不住了，突然呆头呆脑地告诉乔娜，自己小时候就和安贝认识，从小就喜欢她这个姐姐。于是，他向乔娜摊牌了，说自己也是林毅行安排过来的。乔娜拧了拧他的耳朵，说，你得向我道歉，你一定没少向林总打我的小报告。他支棱着眼睛，说，哪有啊，如果有，那也是开始时，后来哪有啊。

他注意到了乔娜给自己的埋怨眼神，就连声说"我道歉道歉"，但他跟她说话的情绪重心可没在道歉上停留，因为他更多的是倾诉安贝给他的感受。这使乔娜感觉他变得唠叨了，当然也可以理解成他变得Open了。他对乔娜说，你觉得她怪吗，是有些怪，但开宝的员工及家属对她都有感情，谁这么年轻就去担那个担子，所以我们希望她过得好。他说，我从小就认识她，那时候她常给我讲故事，那时候我哪会想到人长大了以后，路会这么不一样，有的人你说她好命，但只有她自己才知道这好不好……

乔娜看着他脸上的温柔怜意，这曾令她沉沦，但此刻它的朝向，却是另一个方向。乔娜心想，呵，前天上午我还在犹豫要不要将他拿下呢。

乔娜虽然失意，但以她对凡庸生活的见解，她相信这只是他对距离的执拗修补。她可以这样理解，但她受不了自己所爱恋的人的心绪，每时每刻都在向另一个方向生长。

乔娜想，一个人的情感并非由理性掌控，但现在，我必须对自己的生活进行理性的掌控了。

应该这样了，这样才能让自己轻松一点，好过一点。

更何况，自己的家、自己没着落的工作和生活，还有好多事等着自己去张罗呢，不能让自己耗下去，这会无效，并且更疼，这不是我"小刀片"乔娜的风格。

于是在这个春天的尾声，她对自己说，该走了。走吧，最简单的办法就是走吧。

爱情课

二十七、在失望之前，走开

空气中有明显的伤感浮升上来。这一年来，两个女孩
一会儿闹别扭，一会儿亲近，而现在即将告别。

乔娜走进了咖啡馆的里间，告诉安贝，老大，我不想做了。

怎么了？

她说，因为我想走了，该完成的任务我都尽力了，完不成的也完不成了。

安贝觉得突然，她注意到了乔娜的疲惫脸色，她就有些急不择言：那也未必完不成呀。

乔娜说，我爸原单位想招一个文秘，原先是想要一个男生的，但后来考虑我爸的病况，他们决定照顾我。

乔娜说的也是实话。那家单位当然比不上开宝，但总算也有一份正式工作。

安贝疑惑地看着她，说，真是这样吗？还是有别的什么原因？我注意到了，你最近好像不太开心。

安贝这么说着，突然意识到这女孩这一阵子性格都好像变了很多。

是吗？乔娜笑了，她咧嘴扩大笑容，让自己脸上的容光亮起来。

安贝轻声问，不会因为别的吧？比如因为我？

没有，现在我俩不是还不错嘛。

安贝眯了眯眼睛，犹豫了一下，问，是因为鹿星儿吧？

不是。乔娜说。她继续笑，感觉耳边有点热。

安贝心里原想说，我知道的，你喜欢他。但安贝没说，如今她已经知道了乔娜的脾气。

她没说出来，但乔娜却说，我倒觉得他喜欢你，可能是越来越喜欢了吧，你别生他的气了。

安贝尴尬地说，他在犯糊涂，我都不知道他在想什么了。

空气中有明显的伤感浮升上来。这一年来，两个女孩一会儿闹别扭，一会儿亲近，而现在即将告别。

安贝说，那么就谢谢你这一年陪我，我会让我爸把钱打到你的银行卡里的。

乔娜脸红了，说，谢谢老大，你的事我没办好，你还这么客气。其实我在这里也学到了很多，很多事也等于给我上了一课哪。乔娜笑着，解嘲道，呵，原先还准备让我来给你上课的呢，爱情课，谈情说爱课，好搞笑。

她们都想到了那场EMBA，都笑了。

安贝说，也难为你，这确实是份奇葩的工作，也只有我爸才想得出来，你走也好，是该结束了。

乔娜感觉眼睛里有泪水在滚动，她尽力让自己笑。她说，我是说真的，虽没办成事，但我学到了不少东西。

安贝说，你什么时候走？咱们三个一起吃个饭吧。

乔娜摇头往外走，说，饭就不吃啦，我这人可算是怕了多愁善感，我现在就走。

乔娜从自己的工作柜里取出了一些杂物和几本书，《爱情三十六计》《爱情经济学》《爱情发生论》，装进双肩包里。

她走到门口，向送她的安贝点点头，说了声Byebye，就走了。

鹿星儿这天下午去超市了。乔娜选择这个时候走人，是想让自己少点伤感。

乔娜穿过小广场。她回头又看了一眼"正在找"咖啡馆绿色的门窗，雅致依旧，只是门前的绿植和花卉没了精神。是的，最近这阵子都没心思打理它们了，天气又热，鹿星儿待会儿从超市回来该给它们浇水了。乔娜看见安贝还站在门口看着自己，就向她挥挥手，转身往地铁站走。

乔娜走到中海大厦，准备过马路的时候，听见有人在叫她。

她感觉是鹿星儿。她这一路走着，眼前晃着的就是他的面容。现在她听到了他的声音，这好像是在意料之中。

她回头，看见鹿星儿骑着自行车从后面追上来，神色匆匆，能感觉他在冒汗。

鹿星儿在乔娜面前跳下来，问，我刚回店里就听说你不干了，为什么？时间还没到呢。

她对他笑道，时间也快到了，而我也想走了。

他问，为什么？他扶着自行车把手，脸上的汗在滑下来。眉眼间是纳闷和好心的神情。乔娜从包里掏出纸巾，伸手过去，帮他擦了擦。他下意识地避了一下头，然后就不再避了。

她把自己刚才告诉安贝的理由再讲了一遍。他就点头了，说，也对，我们都没把她的事办好，"间隔年"马上结束了，我们得给自己找工作去了。

她突然想逗他，就打趣说，也得给自己找老公、找老婆了。

他点头笑，说，是是是，你也得抓紧，别挑花眼了，放低点要求嘛！

　　她发现心里的忧愁在上来，她遏制着它，说，我嘛，不用你操心了，我知道我的要求了，所以我可能会比你更早搞定。

　　他点头，算是同意。

　　他突然说，乔娜，你别生我的气，我打小报告，我动作慢，最近我好像总是惹你生气。你现在别生气了，好不好？

　　她害怕眼睛里的泪水落下来。她微微侧转身，看着对面的红灯，说，生气哪会呀，我跟你在一起上班，以后想起来会很怀念的。

　　他说，是的，其实高兴的时间多。

　　她继续看着红灯，说，是的，最开心的是那天你那个前女友来店里，我跟你扮了一场情侣，真的好逗，喂，她现在还好吗？

　　他笑笑，说，没联系了。

　　乔娜突然张开手臂，拥抱了这个男生。她把嘴凑近他的耳边，说，拥抱一下，再扮一次，Byebye。

　　他一手扶自行车把手，一手环过来拥抱她，她能感觉到他在笑。在这临近十字路口的地带，没人不把他们当作突然兴起的情侣。乔娜贴到了他笑着的脸颊，她侧转头，亲了一下他。然后放开他，自己往后退了一步。

　　他眯着眼睛在笑，那纯良直愣的脸神依然说明无感。乔娜看见绿灯亮了，就向他挥挥手说，Byebye。

　　乔娜走向人行道，到马路中间时，回头看了一眼，他正将腿跨上自行车，她冲着他喊：喂，老大不会对你生气的，放心。

　　他点点头，说，知道，因为我对她好。

　　乔娜背着包往地铁站走。夏天的风吹在脸上。她扬了一下头发，让自己的脚步轻快一点，稍稍倾向猫步，她知道每当这样走着的时候，腰肢就像柳枝在扭摆。迎面而来的行人在看自己。她让自己的感觉也轻快上扬。这是必需的。只是背上的双肩包有点重，因为里面有几本书，《恋爱三十六计》《爱情经济学》《爱情发生论》。呵，她想起最初去图书馆借书时的情景。这一年过得真快呀。原先还准备给人家去上课，上爱情课，真是好勇敢啊，那时候还没真正爱过一场，居然生猛地想去给人上课。乔娜一边走一边微笑。前面就是地铁站了，行人一下子多起来了。她想，那么，现在算是真正爱过了吗？哎，不管算不算，好歹自己也被上了一课，爱情课呀。

　　她走下地铁站，跻身于人群中。她打量着许多张脸，哪一张赏心悦目一点呢？一下子没看见。好吧，暂时没看见也没事，因为她现在有点明白了：爱情这件事，更多的不是自己遇到了对的人，而是自己想好了、准备好了以后，才会遇到对的人。

　　她想，我有点想好了，接下来会更加想好了。

爱情课

二十八、歇一歇，再出发吧

十分钟后，她又出来了，走到惴惴不安的鹿星儿面前，说，鹿星儿，我告诉你，我明天就关门歇业了，你就做到今天吧，因为我的"间隔年"结束了。

一个大男孩，一个轻熟女，一只猫。

现在，"正在找"咖啡馆在没有客人到来的时候，只有他们三个身影。四下清寂，空气中有隐约的局促。

于是安贝就会想念乔娜。以往这样的时候，乔娜夸张的笑声、找事的劲儿，能像一阵强风，将局促盖过去。

是的，此刻这空间里有一种不自在在持续弥散。它来自鹿星儿，也来自安贝。

事实上，经过这两周的消化，安贝对鹿星儿瞒自己的那股子气早已退去。像她这样的女生，穿梭惯了万事，哪会久久纠缠于琐碎，况且，毕竟是当年的点点呀。

现在，让她局促的是鹿星儿那种犯糊涂的情绪。这情绪几乎不知所起，强烈袭来，让她也犯晕了。

鹿星儿的情绪在起潮。这甚至让他自己也手足无措了。这情绪混杂了他对她的内疚示好、童年友情、怜悯佩服、焦虑疼惜……更因为近来她对他保持的距离感，而日益强烈起来。而当它像潮水一样奔来时，他更是又犯晕又本能地避开，于是，这情感强烈到让他感到了憋屈。他心里全是她了，甚至开始朝思暮想。这就是爱情吗？

像所有内向的理工男生，他在经历了惶恐和喜欢之后，就一头扎进去了。他想，我就是喜欢她，从小就喜欢这个小姐姐。我得让她知道我是对她好的，哪怕瞒了她快一年，但其实没一点坏心。他把很多事因、理由、逻辑和情感混在一起，它们搅成了一盘杂烩，现在这就是他的心绪。他带着它，有些犯倔地围着安贝转。他甚至都快说出来了：安贝，你别找了，反正你也找不到，我这就找你了。

他还没说出来，但他脸神、情绪所有的波动都指向这个。安贝又不是笨蛋，她也心乱了。她想，这小子在发昏，那天在江畔我只是开开玩笑的呀，你要不要？点点，这怎么可以呢？

他这样的混乱，令她又想笑又心烦又怜悯又有些感动。

她在心里说，你都想到哪里去了？！好在快了，这"间隔年"也马上结束了，要不提前两个星期结束吧。整天一起待在这间咖啡馆里，就我们两个人，是要疯了。

鹿星儿知道安贝在等待间隔年的尾声早点到来。

而他才不管结束不结束呢，结束了就不过日子了，就不交朋友了？

现在他蹲在地板上，在陪猫咪胖宝玩。

窗外是夏日茂密的阳光。小广场上空无一人，喷水池在哗哗响。鹿星儿对胖宝说，喂，别那么懒，起来动动吧，你觉得没劲？我知道了，铃铛走了你又想它了，胖宝，它太暴力了，不适合你呀，别难过，哪天我再给你去找个乖妹妹。现在外面太热了，你也别太心急，等凉快一些的时候，我就给你去找，好不好？现在咱们需要歇一歇，到时候再出动……

鹿星儿感觉身后有人，回头看，是安贝。她正瞟着他和猫。

鹿星儿说，你笑什么？

安贝看着他这些天消瘦了许多的脸，说，没啊。

他说，你是在笑。

她觉得他现在说话是越来越傻头傻脑了。她就说，你在给胖宝灌心灵鸡汤？

他点头，说，就算是吧，我告诉它别灰心，别难过。

她咯咯咯笑起来，说，怎么连只猫找个伴都需要励志了？

她笑得前仰后合。

他就脱口而出了：是的，你以为猫咪找老婆容易？现在谁找谁都不容易，你嘛，就别找了，你不找还开心一点，我嘛，我看我找你还行，蛮好的。

哟。安贝尖叫了一声，她手里拿着一只杯子，杯子差点掉在地上。安贝说，有病呀，你发昏了。

她又想笑又想跑开，脚下的胖宝把她绊了一下，鹿星儿扶住她，趁乱捧过她的脸，亲了一口她的嘴巴。

安贝都快哭了，她脸庞通红，叫起来，有病呀，你妈会昏倒的。

她一边说，一边闪进了咖啡馆的里间。

十分钟后，她又出来了，走到惴惴不安的鹿星儿面前，说，鹿星儿，我告诉你，我明天就关门歇业了，你就做到今天吧，因为我的"间隔年"结束了。

鹿星儿支棱着眼睛，问，为什么？

安贝嘴角有嘲笑，你知道为什么，这样是对你负责，为你好。

她心里在说，点点，这真的是发昏了，即使你说不发昏，但姐怕麻烦，你知不知道？

爱情课

二十九、上课下课，课课不息

有上课，就总是要下课的，以后就不会那么傻了呵。

鹿星儿被安贝赶回去了。

他背着包走的时候，脸神却是轻松的，因为他吐出了一口憋了很久的气，因为他说出了他想对安贝说的话，不说出来，一定会死人的。

鹿星儿走了一会儿，又折回来了，他把头探进门来，对地上的猫咪胖宝招手，说，还没跟你告别呢，喂，胖宝，过几天我给你找到女朋友了就来看你。

安贝站在壁炉边，哭笑不得，心里突然有点软了，就说，鹿星儿，我会跟我爸和你爸说的，谢谢你，这一年。

鹿星儿像周润发一样潇洒挥手，说，谢什么，我也学到了不少，怎么泡咖啡、怎么进货、怎么搞卫生，甚至……他把头侧了一下，说，怎么找对象，结结实实地上了一课。

他转身就走了。

现在咖啡馆里，除了安贝，就没有别人了。这个下午天太热，店里一直没有客人。安贝就早早打烊了。

现在，这里就像她最初来的时候一样，只有她一个人了。哦，还有一只猫，胖宝。

胖宝依偎在她的脚边，她环顾四周，这一年的时间就快要结束了，也好也好，结束了。这一年也算学到了不少，就像刚才他说的，上了一课。他能这么想就好，就算他上了一课吧，别难过，点点，就算你上了一课吧，有上课，就总是要下课的，以后就不会那么傻了呵。我和乔娜一开始不也是很傻吗？

她这么想着，但她还是感觉到了心底里涌上来的怅然。

她想起了乔娜，她现在好吗？安贝还想起了这咖啡馆里曾出现过的那些人，那些派对活动。她好像听到了空中有隐约的笑声和叹息。

叹息也来自她的心底。

她想着刚才那个大男生走时强作潇洒的样子，心里有伤感在涌动。

既然是故事，冥冥中一定有巧合。

当天下午四点，安贝准备离开"正在找"咖啡馆时，突然接到了妈妈的电话。妈妈的声音里透着焦急，她说，你爸下午带人去公司开建的文化广场工地参观时，没当心，摔了一跤，从台阶上滑下来，被送到省人民医院去了。

安贝问，怎么回事？不是叫他别去工地，怎么又去了？伤得重不重？

妈妈说，还在查。

安贝赶紧开车去人民医院。刚到医院，妈妈的电话又打过来了，说，已经检查好了，左腿骨折，其他没什么问题，现在已在住院部住下了。

安贝来到病房，公司的人和妈妈都在，他们看见她说，安贝，还好，就是腿骨折了，这个年纪，跌成这样已经算好了，就是这接下来的几个月要躺在这里，吃点苦头了。

他们说，当时看着林总滑下来的样子，我们都吓坏了。

安贝说，那你们怎么不看着他点，我叫他别去工地别去工地，你们怎么又让他去了？

他们告诉她，今天来考察的是省里的主要领导，所以林总非要去。

林毅行坐在床上对安贝摆手，说，安贝，没事没事，过两三个月后，就能走动了。

安贝走到老爸床边，察看他被绑得像根电线杆的腿。林毅行想让女儿放松，对她笑道，没事没事，也是真的老了，就这么一滑，反应就慢了，身体平衡就来不及调整了，要是再年轻一点，从二楼掉下来都没事。安贝，以前我还真的从脚手架上掉下来过，一点事都没有。

安贝看着老爸忍着痛的苍老的脸，心里很难过。她说，你好好养伤，我明天就结束咖啡馆营业，回去上班。

老爸说，好好好，本来还差两个星期，以后给你补全。

安贝说，以后再说吧。老爸说，这个"间隔年"还行吧？安贝看着一屋子人都在瞅着自己，就点头说，蛮好的。

从第二天一早起，安贝就重返开宝公司。

白天，她就坐在老爸的办公室里，处理公司业务。晚上，她开车去医院看老爸，察看他伤情的恢复情况，跟他商量白天自己拿不定主意的事务，然后再开车回家。

三四天以后，她就融入了公司常规的流程，像一颗螺钉进入了流水线。

这也是这几年来自己所熟悉了的，自己的重归就像一次唤醒，是迅捷的、利落的。

只是偶尔在办公室里抬起头，安贝会想起"正在找"咖啡馆内的明媚色调，鲜花正在开放，空中飘着咖啡的芳香，乔娜在餐台前忙碌，鹿星儿在擦玻璃窗……呵，才过了没几天，怎么就像是一个悠远的梦境了？算一算，这"间隔年"其实还有一周时间才结束呢。安贝想，乔娜、鹿星儿，你们在哪儿？你们现在也会想起咖啡馆想起我吗？想起"正在找"的这一年？

进入日常程序的生活之流，快捷得没有时间念旧。很多新事在涌来。

星期四上午，爸爸在病房里给安贝打电话，让她过去一趟。

安贝走进病房时，看见老爸在对自己笑。安贝感觉他今天心情不错，问，什么事呀？

林毅行让女儿坐到身边，他看着她，好像在想该怎么说这件事。他终于开口说了，安贝，你的"间隔年"下周就结束了，但是你自己的事儿，也就是我最关心的事儿，在这一年时间里并没如愿进展。

安贝打断老爸的话，嘟哝道，这有什么办法，我又不是没努力，这事你还是管得太多。

林毅行好像知道她会不高兴，就冲着她笑，说，没关系，没关系，毕竟你这"间隔年"还没结束哪，还有一个星期，没准现在就有机会把这事办成了。如果现在办成了，这也算是完成了计划内任务。

安贝感觉老爸在卖关子，就说，什么呀，总不至于叫我用一个星期的时间就嫁出去吧。

林毅行眨眨眼睛，转入正题，说，爸爸有一个战友，他有一个北京的朋友，产业做得很大，说出来谁都知道他的名字。他家儿子比你大两岁，也是找不好对象，现在急了，家里和他自己都急了，听说你的情况，很有意。那个男生叫陈亮亮，今天来这里出差，说是出差，其实是专门来的，下午你去见见。

爸爸眼睛里那种兴冲冲又小心翼翼的神情，让她有些难过。她抚了抚他包扎得像木头一样的腿，点头说，好吧，在哪儿见？

爸爸说，公司兰娟娟他们会安排好的，你多跟那小伙子聊聊，不要一眼就否决。

安贝下午两点去了银天国际大酒店空中花园茶吧。她走进兰娟娟订好的包厢，发现那个男生还没到。

安贝想，他是外地来的，这也属正常。于是，她先坐下来。下午茶兰娟娟已经点好了，安贝透过落地窗，从43层高楼俯视这座城市。从这儿能看到世贸中心大厦，但看不到底层的"正在找"咖啡馆。

她听见有人走向包厢的脚步，抬头，看见了那个男生。

哦，瘦高，肤色雪白，戴着富有艺术气息的朱红边框眼镜，修身薄型淡蓝西装，斯斯文文，他对她点头，一口京腔，是贝贝吗？

她微笑着站起来，说，是啊，你是陈亮亮。

她请他坐下，他说，贝贝亮亮，看样子咱们有缘。

安贝觉得他虽斯文，但挺开朗，是自来熟的那种。她拘谨感就少了一些。她注意到了他修长的手指，他手腕上的和田玉手串，因为他说话时双手就在胸前灵巧地舞动。他说自己在意大利、法国、西班牙以及这里那里，留学、游学过，学的是数学。她说，看不出你是学数学的。他的笑容有些甜，那你看我是学什么的？她说，我还以为是艺术。他摇头，艺术？艺术其实不用专门学，我老爸要我学理科。

更多的时间里他在谈感受，比如碟片、时尚，以及墙上的装饰画。也不知是怎么扯到这些的。下午茶盘上的点心，他基本没动。他只喝红茶，说是暖胃。他说话的时候，眼风妩媚。事实上他确实长得不错。安贝心想，不是他很自恋就是他被宠惯了，因为他周身都散发着柔嗲的气息。安贝想，这么一个人千里迢迢地赶来，就是为了跟我结婚。这感觉不是做梦，就是这"间隔年"太神。

她看他迟迟不进入话题，就说，我听我爸说，你很想结婚。

他一吐舌头，说，嘿，他们催哪，你也被催婚了吧？

她点头。他就笑道，我们算是同病相怜，那么就相怜一下，结呗。他看着她。她感觉他的视线飘在自己的头顶上方。现在她开始觉得他有点娘。这个感觉上来后，在接下来的时间里听他说话的语调，看他丰富的手势，都觉得娘。

她觉得这斯文男当老公可能不靠谱，做闺蜜还行。当斯文男说到以下几句话时，她几乎惊呆了，因为太长见识了。他说：咱俩结婚后，也不一定非在同一个城市待，反正场面上咱俩结婚了，其实各过各的，这也蛮好的，就是跟现在你我过的日子没什么两样，这样行吧？我习惯自在一点，而别人问我们，我们就说结婚了，这样他们就甭催我们了。如果有什么场面上的需要，你要我过来，我就来一趟，我需要你过来，你就过来一趟，其他跟现在一样，你看，这是不是也蛮好玩的，相互帮助，结婚一下……

安贝明白了。他有他自己的生活，他确实很娘，但他需要结婚。

安贝看了看手表，对他说，不好意思，我下午还有一个会议，结婚嘛，我还要考虑考虑，得跟我爸妈商量。

他微皱眉头，表情温婉，说，OK，等你想好了，给我电话。

安贝开着车，沿着环城北路往公司去。

穿窗而入的风，呼呼地把她脑子里的斯文男形象吹散开去。

遇到红灯时，她给老爸发了一条短信：结婚很容易，如果需要的仅仅只是结婚。

她不知老爸懂不懂她的意思。

车子开过翠松体育中心后，前面就是世贸中心大厦。安贝突然决定去趟"正在找"咖啡馆，自己的iPad放在那里，她想去拿回家。

她将车开进世贸中心地下车库，自己坐电梯上来，穿过小广场，向"正在找"走过去。

自从五天前锁了咖啡馆的门，安贝还没回来过。

现在她看到了咖啡馆绿色的门窗，还看到了门前的绿色植物，看到了店牌"正在找"。

她吃惊地意识到，咖啡馆在营业。因为门前那绿油油的植物枝叶茂盛，铁艺花架上摆满了各色雏菊，吊椅在风中轻轻晃动。

呀，它真的还开着。

安贝有些心跳。虽然她回到开宝公司后，给兰娟娟配了把咖啡馆的钥匙，让他们平时派人去照看一下，尤其是给胖宝喂食，但没让他们营业，事实上公司里的那些人也不懂做这个生意。

安贝飞快地走向咖啡馆。

她看到了里面的人影。

她推开门，闻到了咖啡的芳香。她一眼看见了乔娜，乔娜头上扎了一块彩绸头巾，在餐台前忙碌。

乔娜。安贝叫了她一声。

乔娜回头，俏丽地向她笑。

你怎么来了？安贝问。

乔娜说，我再做几天吧，做到下星期，结束，有头有尾，好不好？

乔娜盯着手里的杯子，杯子里咖啡的泡沫在搅动中变厚。

你干吗？安贝瞅着她，心里有暖流也在搅动。

乔娜说，老大，我听说了，林总腿伤了，你回公司去了，这样我就好好在这里收尾吧。反正我离开这里后，也在想这里，既然想这里，那就过来吧，我那边上班也要下个月了。

乔娜凑近安贝的耳边说，我卡里的钱，也到了，好多哦，太多了，太可怕了。

安贝搂了搂乔娜的腰，问，胖宝呢？

乔娜说，被他抱到小广场上去玩了，他刚才来了。

安贝说，是鹿星儿吗？

乔娜点头说，他带了只女猫过来，说给胖宝找了个女朋友。

安贝走出咖啡馆，这是夏日的傍晚，小广场上的喷泉在哗哗响，从写字楼里下班的人们匆匆走过，小广场上人来人往。

安贝走过去。鹿星儿在哪里？她在人群中找寻那张年轻的脸。

她走到喷水池边时，听到了他叫自己的声音：喂，咪咪虎老大。

她回过头去，见他抱着两只猫，一手一只，在台阶上向她点头。几天不见，她感觉他是那么亲切。

他表情很幽默，他说得也很幽默：

对象，我给胖宝找到对象了，你行吗？

图书在版编目（CIP）数据

爱情课 / 鲁引弓著. —杭州 ：浙江大学出版社，
2015.8

ISBN 978-7-308-14862-7

Ⅰ.①爱… Ⅱ.①鲁… Ⅲ.①长篇小说-中国-当代
Ⅳ.①I247.5

中国版本图书馆CIP数据核字（2015）第157074号

爱情课

鲁引弓 著

策　划	陈丽霞　谢　焕	
责任编辑	陈丽霞（clixia@163.com）	
责任校对	仲亚萍　杨利军	
出版发行	浙江大学出版社	
	（杭州市天目山路148号　邮政编码310007）	
	（网址：http://www.zjupress.com）	
排　版	浙江时代出版服务有限公司	
印　刷	浙江印刷集团有限公司	
开　本	700mm×960mm　1/16	
印　张	16.75	
字　数	210千	
版印次	2015年8月第1版　2015年8月第1次印刷	
书　号	ISBN 978-7-308-14862-7	
定　价	32.00元